노무현 순례길

노무현 순례길
-깨어 있는 시민들의 국토대장정

초판 1쇄 인쇄 | 2019년 3월 16일
초판 1쇄 발행 | 2019년 3월 22일

지은이 | 민서희
기   획 | 이강옥
펴낸이 | 최병윤
펴낸곳 | 행복한마음
출판등록 | 제10-2415호 (2002. 7. 10)

주소 | 서울시 마포구 토정로 222, 한국출판콘텐츠센터 422호
전화 | (02) 334-9107
팩스 | (02) 334-9108
이메일 | bookmind@naver.com

ISBN 978-89-91705-44-9 03810

THINKING OF ROHMOOHYUN
who was the president of Korea

노무현 순례길

깨어 있는 시민들의 국토대장정

민서희 지음

※ 일러두기

·앞표지 그림 :「자랑스런 깨시민」
                     - 연합뉴스 제공
·뒤표지 그림 :「노무현 순례길을 함께한 신발」
                     - 김희진 작가 제공

색다른 방법으로 노무현의
맛을 느껴 보려는 분들께
이 책을 바칩니다.

올해는 노무현 대통령이 서거한 지 10년 되는 해이다. 그 10년의 세월 동안 대한민국은 앞을 향해 달렸을까? 아니면 뒷걸음질 쳤을까?

위 질문에 대한 답은 아마도 사람마다 제각각 다를 수 있을 것이다.

10년이면 강산도 변한다는데, 현재 두 명의 전직 대통령은 교도소에 있고, 노무현 대통령의 친구는 청와대에 있다. 이와 같이 되리라고, 10년 전에 누군가가 이야기했다면 아마도 미쳤다는 소리를 들었을 것이다.

▲Photo by 윤치호

그렇다면 앞으로 10년 후에, 세상은 또 어떻게 달라져 있을까? 무척 궁금하지 않을 수 없다.

저자가 생각하기에, 과학을 바라보는 철학적 관점에는 크게 두 가지가 있는 거 같다. 그 하나는 '포퍼 스타일'이고, 다른 하나는 '쿤 스타일'이다. 포퍼(Karl Raimund Popper, 1902~1994)가 이야기하는 과학과 쿤(Thomas Samuel Kuhn, 1922~1996)이 이야기하는 과학은 좀 다르지만, 공통점은 과학의 절대성을 인정하지 않는 것이다.

아마도 과학적 증명이 절대적이었다면 상대성이론을 주장하는 쪽과 양자역학을 주장하는 쪽이 빛의 입자성과 파동성을 두고 그토록 오랜 기간 옥신각신하지는 않았을 것이다.

우리가 통상 생각하기에 그나마 확실하다고 보는 과학의 현주소가 이럴진대, 사람의 주관이 들어가는 역사에서는 오죽하겠는가!! 그런데 역사를 연구하는 분들 중에는 자기들의 이야기가 거의 절대적이라고 아니 절대적이어야 한다고 고집하는 분들이 꽤 있는 듯하다.

그리고 유사역사학을 거론하는 분들이 있는데, 그분들은 유사하지 않은 것을 잘 알고 있어서 그것과 유사한 것을 지적해 내는것 같다.

유사하지 않은 것에는 크게 두 가지가 있다. 첫째 진짜역사학이다. 그런데 이것이 말처럼 쉽게 가능할까? 과연 과학을 넘어설 수 있을까?

둘째 가짜역사학이다. 이것은 충분히 가능하다고 본다.

가짜역사학이 되지 않기 위해서는, 남을 유사역사학으로 몰고 가기 전에, 내가 하는 진짜역사학이 무엇인지 그 실체를 먼저 증명해내는 것이 선행되어야 할 것이다. [1]

역사란 시간에 따른 존재 이야기이다. 이와 같은 역사는 존재를 기준으로, 크게 보면 역사란 모든 것의 현재까지 이야기이고, 작게 보면 어느 것의 현재까지 이야기가 된다.

또한 역사는 관점을 기준으로, 객관적으로 보면 역사란 있는 그대로의 과거 이야기라 말할 수 있고, 주관적으로 보면 현재 의미 있는 과거 이야기라고 말할 수 있다. [2]

하지만 잘 생각해 보면, 있는 그대로의 과거 이야기는 우리 현실에서는 거의 불가능한 이론상의 주장일 뿐이다. 즉 인간이 쓰는 모든 역사는 주관적 역사일 수밖에 없다.

---

1) 역사에서의 내로남불이 되어서는 안 되겠기에 몇 자 적은 것이다. 자기가 주장하는 역사에 대해서는 이렇다 저렇다 언급하고 싶지 않다. 한 국가가 나서서 역사를 왜곡하는, 아니 해야만 하는 현실에서 개인이나 단체가 주장하는 역사에서는 백가쟁명이 꼭 나쁘다고만 할 수는 없는 거 같다.
2) 『조선 4대 전쟁과 의천검』 민서희 지음, 서울 2012, 도서출판 생소사. 86~90쪽.

그래서 단재 신채호(申采浩, 1880~1936)는 "역사란 아我와 비아非我의 투쟁"이라고 하였고, E. H. 카(Edward Hallett Carr, 1892~1982)는 "과거와 현재의 끊임없는 대화"라고 하였으며, 크로체(Benedetto Croce, 1866~1952)는 "모든 역사는 현대사다"라고 한 것이다.

이 책은 노무현과 노무현을 화두 삼아 걸었던 사람들 그리고 깨시국에 대한 이야기가 주종을 이루고 있다. 비록 기승전결이 있는 책은 아니지만 그렇다고 빈약하지는 않을 것이다.

이 책은 이미 출간된 노무현 관련 책들과는 좀 다를 것이다. 노무현에 대해 직접적인 언급은 그렇게 많지 않지만, 노무현에 대해 사색할 수 있는 생각의 꺼리는 풍부할 것이다.

이 책에서는 노무현이 없는 노무현 시대를 줄여 '노노시대'라고 하고, 이를 노무현 대통령 서거 이후를 가리키는 용어로 사용하였다. 가령 노노 0년은 서거 이후 그해 12월 31일까지이고, 노노 1년은 서거 1주년이 되는 해이며, 노노 10년은 서거 10주년이 되는 2019년이 된다.

노노시대는 다시 노노 1기와 노노 2기로 나누어지는데, 노노 1기란 노무현을 알고 가까이 지냈던 사람들이 모두 작고할 때까지를 일컫는 말이고, 노노 2기란 노무현과 직접적인 관련이 있던 사람들이 모두 작고한 이후를 노노 2기라고 하는 것이다. 따라서 2019년은 노노 1기에 포함되는 것이다.

노노시대를 뒤집으면 노무현이 생존해 있던 시대가 되는데, 이를 이 책에서는 노생시대라고 하였다. 그리고 다시 노생시대를 나누어 정치입문 전까지를 노생 1기라 하고, 대통령 당선 전까지를 노생 2기라고 하였으며, 대통령이라는 꼬리표를 달고 살았던 서거 때까지를 노생 3기라고 하였다.

또한, 이 책에서는 고답적인 표현인 순례巡禮라는 연호年號가 나오는데, 그 의미는 노무현 순례길이 시작된 해와 그 이후의 해를 의미한다. 가령 순례 1년이란 노무현 순례길이 시작된 해를 의미하고, 순례 3년이란 노무현 순례길이 시작되고 3년차가 되는 해를 의미한다.

그리고 노노와 순례를 기억할 때는, 노노 8년이 순례 1년이니까, 노노 8년에서 순례 1년을 빼면 행운의 수 7이 나온다고 기억하면 쉬울 것이다.

이 책은 저자가 네이버 밴드에 있는 '깨어있는 시민들의 국토대장정'에 2018년 한 해 동안 올린 글들을 모으고 노무현 연보를 추가하여 만든 책이다. 대부분 그대로이나, 책을 내면서 내용의 원만한 흐름과 저자의 의도를 살리기 위해 조금 빼거나 보충한 곳이 있다. 부족한 부분은 저자가 아직 미흡해서 일 것이다. 잘못된 부분이 있다면 차후 개정판을 통해 고쳐 나갈 것을 약속드린다.

서점에 가보면, 산티아고 순례길에 대한 참 많은 책들을 만나 볼 수 있다.

이제 노무현 순례길도, 이 책을 시작으로 노무현 순례길에 대한 책, 노무현 순례길 콘서트, 노무현 순례길 만화, 노무현 순례길 일기, 노무현 순례길 소설, 노무현 순례길 연극, 노무현 순례길 맛집, 노무현 순례길 게임, 노무현 순례길 영화, 노무현 순례길 달력, 노무현 순례길 백일장, 노무현 순례길 음악회, 노무현 순례길 그림 전시회, 노무현 순례길 사진 전시회, 노무현 순례길 다큐멘터리 등등 많은 것들이 쏟아져 나왔으면 좋겠다.

끝으로, 색다른 방법으로 노무현의 맛을 느껴 보려는 모든 분들께 이 책을 추천하며 줄인다.

2019년 3월 초순
경희대학교 오비스홀에서
저자 삼가 씀

▶Photo by 최영

CONTENTS

1.광화문 ─ 2.영등포 ─ 3. 금정 ─ 4. 병점 ─ 5. 지제 ─ 6. 두정 ─ 7. 전의 ─ 8.조치원 →

제1장

깨시국
둘러보기

▲Photo by 최선임

01. 깨시국이란 어떤 의미인가

'깨시국(嘉市國)'이라는 말에는 두 가지 의미가 있다.

첫째 의미는 '깨어 있는 시민들의 국토대장정'이라는 의미이고, 둘째 의미는 '깨어 있는 시민들의 국가'라는 의미이다.

▲Photo by 윤치호

02. 깨어 있는 시민들의 국토대장정

깨어 있는 시민들의 국도대장징은 대한민국의 평범한 시민 이강옥李康玉이 처음 기획하였고, 모임 공간은 네이버 밴드에 있으며, 단체명은 '깨어 있는 시민들의 국토대장정'이다.

네이버에서 '깨어 있는 시민들의 국토대장정'이라고 검색하거나 아래의 주소를 검색하면 쉽게 들어갈 수 있다.

https://band.us/band/65628186

깨어 있는 시민들의 국토대장정에서 선보인 첫 행사는 '노무현 순례길, 봉하 가는 길'이다.

▲Photo by 윤치호

1.광화문	—	2.영등포	—	3. 금정	—	4. 병점	—	5. 지제	—	6. 두정	—	7. 전의	—	8.조치원

16. 연화	—	15. 구미	—	14. 김천	—	13. 황간	—	12. 심천	—	11. 옥천	—	10. 대전	—	9.신탄진

17. 대구	—	18. 경산	—	19. 청도	—	20. 밀양	—	21.삼랑진	—	22. 진영	—	봉하가는길 490.4Km

노무현 순례길은 노무현 전 대통령이 서거하고, 이승에서 마지막으로 지나간 궤적을 따라, 서울 광화문에서 경남 봉하 묘역까지 22개 구간을 릴레이로 걷는, 대한민국 최고의 순례길이자 행위예술이다.

노무현 순례길은 날짜와 구간이 일치한다. 즉 5월 1일이 제1구간이고, 5월 2일이 제2구간, 5월 3일이 제3구간이 된다.

각 구간의 참가자들은 구간운영자, 구간총무, 순례자, 차량봉사자 등으로 구성되는데, 사전에 언급한 기본사항을 제외한 다른 사항은 각 구간의 참가자들이 서로 협의하여 색다르게 진행할 수도 있다.

구간운영자는 노무현 순례길을 참가했던 경험자를 대상으로 5월 1일 이전에 신청을 받으며, 총무는 구간운영자를 돕고 당일 후기와 회계를 깨시국 밴드에 올린다.

차량봉사자는 차량을 가지고 참가할 수 있는 사람이 사전에 신청하며, 참가자 중에 몸이 좋지 않은 사람이 있으면 차량에 태우고 이동하거나 사진 봉사 등을 한다.

각 구간의 참가자들은 통상 아침 9시에 모여 서로 인사 나누고, 행사 물품을 받은 다음, 다 함께 구간을 걷다 12시~13시 전후로 점심을 먹고 잠시 휴식을 취한 다음, 다시 걷다가 오후 5시경에 하루 일정을 마치고, 담소와 함께 저녁을 먹고 헤어진다.

이렇게 진행되다 5월 22일에는 마지막 구간인 제22구간이 시작되는데, 22구간을 참가한 순례자들은 아침에 진영역을 출발하여 노무현 대통령의 묘역까지 걷고, 묘역에 참배한 후 뒤풀이가 진행된다.

노무현 순례길에는 총 22개의 구간이 있는데, 참가를 희망하는 사람은 전 구간, 다 구간, 한 구간, 반 구간 등을 신청할 수 있다.

참가비는 한 구간을 기준으로 한다.[3] 참가자가 참가비를 내면 당일 필요한 물품을 받게 되는데, 참가비에는 식대가 포함되지 않는다.

노무현 순례길은 매년 반복되기 때문에, 참가자를 구분하기 위해 노무현 순례길 제1기, 노무현 순례길 제2기 등으로 구분하고 있다. 이 책의 독자가 2019년 5월에 참가한다면 노무현 순례길 제3기가 될 것이다.

노무현 순례길에 참가하는 방법에는 크게 두 가지가 있다. 하나는 순례길을 걷는 것이고, 다른 하나는 기부를 하는 것이다. 기부에는 금액기부와 재능기부가 있다. 금액기부는 깨시국 후원계좌를 통해 후원하면 되고, 재능기부는 깨시국에 문의하면 된다.

가령 제2기 순례길에서는 박운음 화백이 본인의 작품을 재능기부하였다. 이 작품으로 깨시국에서는 아래와 같은 각 구간을 상징하는 22가지의 예쁜 핀버튼 배지를 만들어, 각 구간의 참가

---

3) 당일 행사에 필요한 물품을 받기 때문에, 반 구간도 한 구간과 동일한 참가비를 낸다. 보다 자세한 내용은 네이버 밴드에 있는 깨시국에 문의 바란다.

자에게 나누어 주었다. 그렇게 하여, 순례자가 가지고 있는 배지만 보더라도, 그 순례자가 몇 개 구간에 참가했고, 어느 구간이었는지 알 수 있도록 하였다.

그리고 어떤 분은 2018년 남북정상회담 기념 팔찌를 기부했고, 어떤 분은 꿈나라 베개를 기부했다.

▲Photo by 윤성복

▲Photo by 이걸민

재능기부는 본인이 원하는 방식으로 자연스럽게 하면 된다. 즉 각 구간마다 한 명을 뽑아 선물할 수도 있고,[4] 특정 구간에만 선물할 수도 있으며, 내가 참가한 구간의 참가자에게만 선물할 수도 있다.

뒤풀이 재능기부는, 22구간(5월 22일)의 모든 행사가 끝나고 이어지는 뒤풀이에서, 노래·합창·춤·악기연주 등의 재능을 기부하는 것이다. 뒤풀이 재능기부를 원하는 분은 깨시국에 문의하면 된다.

노무현 순례길은 차량으로 이동하는 것이 아니라, 하루 한 구간 동안 20km 정도, 반 구간 10km 정도를 몸으로 직접 걸어야 하는 쉽지 않은 길이다. 따라서 차를 가지고 오지 않아도 쉽게 참가하고 부담 없이 돌아갈 수 있도록, 모든 구간의 시작과 끝을 기차역으로 통일하였다.

예를 들면, 1구간은 광화문역에서 출발해 영등포역에서 끝난다. 그리고 다음 날, 2구간이 영등포역에서 시작되어 금정역에서 마무리된다. 이렇게 노무현 순례길은 걷는 순례자를 고려한 맞춤형 순례길이다.

---

4) 구체적인 추첨방식이 필요하거나 특정 구간에 기부하고 싶으면 깨시국과 상의하면 된다.

03. 깨어 있는 시민들의 나라

깨시국의 다른 의미는 '깨어 있는 시민들의 국가', '깨어 있는 시민들이 꿈꾸는 나라', '깨어 있는 시민들이 꿈꾸는 세상'이다.

깨어 있는 시민들의 국가는 노무현 대통령의 어록에 있는 아래 글귀를 바탕으로 만들어졌다.

> "민주주의 최후의 보루는
> 깨어 있는 시민의
> 조직된 힘입니다."

깨어 있는 시민들의 국토대장정이 몸으로 하는 육체적인 것이라면, 깨어 있는 시민들의 국가는 머리로 하는 정신적인 것이라고 할 수 있다.

즉, 깨어 있는 시민들의 국가를 마음속에 품고 이를 이루기 위해, 깨어 있는 시민들이 국토대장정을 하는 것이라고 볼 수 있다.

이를 달리 이야기하면, 몸으로 하는 노무현 순례길 등을 통해 소확행을 이루고, 깨어 있는 시민들의 나라를 통해 대확행을 꿈꿀 수 있는 것이다.

그리고 '깨어 있는'이라는 의미의 한자가 없어서, 깨시국을 한 자로 적을 수 없는 아쉬움이 있어서, '깨어 있을 깨(竟)'라는 한 자를 만들었다. 이렇게 하면 필요에 따라 깨시국(竟市國)이라고 쓸 수 있을 것이다.

밖에서는 도장道場이라고 하는데, 이를 불가에서는 도량道場이 라고 읽는다. 언어는 처음부터 고정되어 있는 것이 아니니까, 필 요에 따라 자연스럽게 서로 약속하고 쓰면 될 것이다.[5]

竟市國

깨어있는 시민들의 나라

깨시민들의 국토 대장정

▲Photo by 박대희

제2장

노무현 순례길

▲Photo by 김명수

01. 장미와 안개꽃

저는 깨시국에 누가 될까 봐 글을 쓰지 않는 무명작가입니다.

깨시국에도 대표님이 있다지요!! 대표가 대표 소리를 겸연쩍어 하니 애칭으로 "대장"이라고들 부른다고 합니다.[6]

언젠가, 그 대장님께 물어보았지요. "왜 굳이 노무현 순례길, 봉하 가는 길이냐?"라고 말입니다.

대장님 말씀이 "지켜주지 못한 것이 한스럽고, 그분의 생각의 폭이 대한민국을 능히 덮고도 남아, 돌아가신 5월만이라도 무언가를 하지 않고서는, 사는 것이 사는 것이 아니다."라고 하며, "그분이 하늘 가시기 전 이 땅에서 마지막으로 가셨던 길, 오직 한 번뿐이었던 그 길을, 서울 광화문에서 경상남도 봉하까지, 그분을 생각하며 나 자신을 뒤돌아보며 걸음으로써, 그분이 잊혀지지 않도록 하는 것이 내가 할 수 있는 거의 전부인 듯하다."라고 하시더군요.

장미는 장미로서 아름답고, 질경이는 질경이로서 아름답습니다. 나비는 나비로서 아름답고, 나방은 나방으로서 아름답습니

---

6) 깨시국은 2017년 만들어졌는데, 깨시국을 만든 사람은 이강옥이다.
   이강옥은 2017년부터 2019년 2월 현재까지 깨시국의 대표(대장)이다.

다. 나방의 누에고치에서 만들어진 비단으로 인해 비단길이 생겼으며, 그 비단으로 인해 인류는 좋은 옷을 만들어 입을 수 있었습니다. 그 긴 세월 동안 비단이라는 것을 선물했던 나방만큼, 인류에게 도움을 주었던 나비는 아직 없는 거 같습니다. 겉이 아름답다고, 겉이 화려하다고, 우리의 마음을 다 사로잡는 것은 아닐 것입니다.

좀 투박하더라도, 많은 이들의 관심을 받지 않더라도, 한 사람이 깨어남으로 또 한 사람이 깨어나고, 나와 우리가 마음속으로 소통하며, 계급장 없이도 자아를 성찰할 수 있는, 그런 노무현 순례길이 되었으면 좋겠습니다.

예수님이, 부처님이 구제하지 못한 세상입니다. 예수님보다, 부처님보다 내가 더 옳다고, 내가 곧 진리라고 하신다면 여기 깨시국은 그분들에게 어울리지 않는 공간인 거 같습니다.

장미와 안개꽃이 서로를 존중할 때 두 꽃 모두 아름다운 것입니다. 장미가 저 혼자 잘났다고 하면, 더 아름다울 수 있는 기회를 놓치는 것입니다.

최근에도 안개꽃을 무시했던 장미가 있었습니다. 화가난 안개꽃들이 촛불을 들고 일어났다지요. 그러자 설 자리를 잃은 장미는 자기가 만든 가시넝쿨 속에 들어가 세상을 등져야 했다고 합니다.

깨시국 공간에서 만이라도 안개꽃을 존중해 주십시오. 높은 목소리, 혼자 떠드는 목소리는 미세먼지처럼 안개꽃과 본인을 힘들게 할 수 있습니다.

이제 노무현 순례길이 며칠 남지 않았습니다. 서로 격려해 주는 꽃들이 되시기를, 봉하 가는 길에 핀 아름다운 꽃들이 되시기를 바라며 줄입니다. 존경합니다. 사랑합니다, 깨어 있는 시민 여러분!!

추신 : 운영자님들께
노무현 순례길이 마무리되는 날까지 만이라도, 해당 되지 않는 글들은 다른 곳으로 옮겨주시면 감사하겠습니다. 집중이 안 될뿐더러, 깨시국에 들어오는 것을 주저하게 됩니다.

〈순례 2년, 2018. 4. 16. 월요일〉

▲Photo by 윤성복

02. 내 마음속으로 걸어 들어가는 길

무명작가가 있었습니다. 노무현 대통령 서거 후 몇 년이 지나, 노무현 대통령이 다른 대통령들과 어떻게 달랐는지 책에 담고 싶었습니다. 그래서 노무현 대통령을 잘 안다는 분들께 "노 대통령은 다른 대통령들과 어떻게 다른가요?"라고 물어보았습니다.

노 대통령을 잘 안다는 사람들은 대답했습니다. "노짱은 서민 대통령이었지요!!" 하여 그 작가는 전두환 전 대통령 지지자들에게도 같은 질문을 했습니다. "전두환 대통령이야말로 서민을 위해 물가를 잡은 진정한 서민 대통령이었지요!!"

"노짱은 우리들 마음속의 대통령입니다."

이에 대해 태극기부대와 다른 대통령을 지지하는 분들에게서도 같은 대답이 돌아왔습니다. "진정 우리들 마음속의 대통령은 ○○○입니다." 이러한 똑같은 대답으로 인해, 그 무명작가는 결국 책을 쓸 수 없었습니다.

몇 년이 쏜살같이 흐른 2018년 5월 어

▶Photo by 구영애

느 날, 물집이 잡힌 발바닥은 아랑곳하지 않고 걸음을 걷는 노란옷을 입은 사내에게 무명작가가 물었습니다. "그대들은 어디를 그리 행복하게 가고 있습니까?"[7]

노란옷의 사나이가 대답했습니다. "이 길은 겉보기에는 노짱이 하늘 가시기 전 이승에서 마지막으로 갔던 길을 순례길 삼아 두 발로 걷는 봉하 가는 길이지만, 사실 이 길은 내 삶의 궤적을 순례길 삼아 마음으로 걷는, 길 없는 길이랍니다. 이를 대도무문 식으로 이야기하면 '마길무길' 쯤 될 거 같습니다."

무명작가가 물었습니다. "선생님이 보시기에 노 대통령과 다른 대통령들과는 어떤 차이가 있다고 보십니까?"

노란옷의 사나이가 대답했습니다. "어려운 질문입니다!! 같은 듯 다른 길 아닐까요? 내 삶의 궤적을 순례길 삼아 길 없는 길을 마음으로 걸었던 분이 노짱이고, 다른 이의 궤적을 이정표 삼아 길 있는 길을 몸으로 걸었던 분들이 다른 분들인 거 같습니다."

무명작가가 다시 물었습니다. "좀 알아듣기 쉽게 말씀해 주십시오."

노란옷의 사나이가 한 걸음 옮기며 말했습니다. "깨어 있는 시민이라는 순례자나 순례객이, 순례길을 전 구간 참가하건, 한 구

---

7) 이 글의 모티브가 되었던, 물집이 잡힌 발바닥의 주인공은 5구간의 구간운영자였다. 그와 직접 대화를 나눈 것이 아니라 물집이 잡힌 발바닥은 아랑곳 하지 않고 꿋꿋이 걷는 그와 참가자들을 보면서 머리에 스친 생각을 글로 옮긴 것이다.

간 참가하건, 반 구간 참가하건, 더 많이 참가했다 아니다 그것을 다투지 않고, 순례길에서는 변호사건 정치인이건 의사건 상하고 하 없이 누구나 평등하며, 개개인의 이념을 묻지 않고 존중하며, 결혼하는 사람에게는 신혼 여행길이 될 수 있고, 어린이와 가족이 함께할 수 있으며, 차를 가지고 참가할 수도 있고, 재능기부를 통해 참가할 수도 있는 그러한 길, 그 길 위에 서 있는 노짱과 그렇지 못한 분들은 분명 다른 거 같습니다."

무명작가가 거듭 물었습니다. "아!! 그런가요? 제가 지금 한 시간 정도 그 길 없는 길을 마음으로 걸으며 제 삶의 궤적 속으로 들어가 보고 싶은데 괜찮겠습니까?"

노란옷의 사나이가 웃으며 대답했습니다. "마음속 순례길에는 문이 없답니다. 즉 '마길무문' 이니 참가하고 싶은 곳에서 참가하시고, 그만두고 싶은 곳에서 언제든 내려오시면 됩니다."

이렇게 하여 그 무명작가는 노무현 순례길 봉하 가는 길, 아니!! 내 마음속으로 걸어 들어가는 길, 그 길 없는 길에 합류하였습니다. 그리고 그 무명작가는 노란옷과 아래 그림이 들어있는 핀버튼 배지를 받았습니다.[8]

〈순례 2년, 2018. 5. 6. 일요일〉

---

8) 윗글은 저자가 노무현 순례길 제2기 5구간에 참가해 느낀 감상을 대화 형식으로 엮은 후기이다.

03. 아낌없이 주는 나무

그는 아낌없이 주는 나무였다.
그는 그렇게 아낌없이 주고 갔다.

그를 아낀다고, 어떤 이는
그 나무에 금줄을 치려했다.

이것은 이래서 안 되고
저것은 저래서 안 된다면서…

그는 아낌없이 주는 나무였다.
그는 그렇게 아낌없이 주고 갔다. [9]

〈순례 2년, 2018. 5. 11. 금요일〉

▲Photo by 윤치호

---

9) 윗글은 노무현을 사유화하거나 소유하려는 사람들에 대한 우려에서 쓴 글이다.

04. 산티아고 순례길

산티아고 순례길을
빵을 훔친 장발장이 걸어가고

산티아고 순례길을
이교도, 스님이 걸어갈 수 있다.

참 이상한 일이다.
왜 그러한 순례객들을
아무도 막아서지 않는 걸까?

부러우면 지는 거라는데!!

노무현 순례길에는
검열관이 있다.[10]

〈순례 2년, 2018. 5. 11. 금요일〉

---

10) 노무현 순례길에는 검열관이 없다. 윗글 아낌없이 주는 나무와 산티아고 순례길을 을 쓰게 된 배경은, 이〇〇라는 순례자가 전 구간을 걷겠다고 공언하며 참가하였는데, 그의 좋지 않은 과거 행적이 알려지면서, 그와 같이 걷는 것이 불가하다는 주장이 있었고 그를 막겠다고 주장하는 순례자도 있어서, 위와 같은 글을 쓰게 되었다. 이〇〇는 순례 도중 몸이 좋지 않아 병원에 가게 되었고, 깨시국 대장은 그에게 병가를 주어 일이 마무리되었다. 이때부터, 노무현 순례길의 순례객이 깨시국 대장으로부터 휴가나 병가를 통보받을 경우 5월 1일~5월 22일까지 진행되는 노무현 순례길에서 제외된다는 룰이 만들어지게 되었다.

05. 함께 사는, 사람 사는 세상

그녀는 노란물결 속 순례자였다.
그녀는 순례길에서 다음과 같이 썼다.

"8년을 보낸 오늘은, 제게
소중한 날이었습니다.

고난 속에서도 거센 태풍 속에서도, 함께 사는
세상을 만들려는, 그 미소와 그 마음을
가슴 잔잔히, 사랑하게
되었습니다.

당신의 그 진심과, 그 마음을 지키려는 이들의
꿈틀거림에 동참하며, 함께 사는, 사람
사는 세상에 저의 희로애락을
동반합니다."

당신은 참 아름다운 순례자입니다.

당신께 경의를 표합니다.

〈순례 2년, 2018. 5. 12. 토요일〉

◀Photo by 최선임

◀ Photo by 김춘영

06. 노무현 순례길

그들은 대한민국 최고의 순례길을
만들며 걷는다고 했다.[11]

5월 1일, 서울 광화문을 출발하여
5월 22일, 경남 봉하에 도착하는
거룩한 길이라고 했다.

노란 순례자들이 22구간을 이어가는
매우 독특한, 대한민국 최고의
의미있는 길이라고 했다.

그들은 대한민국 최고의, 그 순례길을
노무현 순례길이라고 했다.[12]

〈순례 2년, 2018. 5. 13. 일요일〉

---

11) 순례길을 함께 했던 모든 분들을 순우(巡友)라고 하고, 순례길을 함께한 **유**경험 **순**
례자를 유순이라고 하며, **머**지않아 함께할 예비 **순**례자들을 머순이라고 부를 수 있
을 것이다. 순우와 유순은 저자가, 머순은 이강옥 대장이 제안하였다.
12) 위 「산티아고 순례길」과 여기 「노무현 순례길」은 책을 쓰면서 다시 정한 제목이다.
이렇게 제목을 바꾸는 것이 원글의 제목보다 독자들에게 더 편하게 저자의 의도를
전달할 것이라 생각되었다.

07. 역사란 무엇인가

역사란, 현재 의미 있는
과거 이야기이다.

그래서

'현재와 과거의 끊임없는 대화'
라고 하는 것이다.

따라서 현재 의미 있는 과거는
우리의 선택에 달려있다.

결코, 과거는 과거가 아니다.
어떤 의미로 맞이하느냐에 따라

▲Photo by 최선임

오늘의 역사가 된다.

하여

깨어 있는 시민들이 만들어 낸
촛불 혁명은 위대했고,

깨어 있는 시민들이 만들어 가는
"함께 사는, 사람 사는 세상"은
정말 가치 있는 것이다.

〈순례 2년, 2018. 5. 13. 일요일〉

▲Photo by 김춘영

08. 나비와 황소개구리

멀리서 보면 아름다운 산과 숲도
가까이 다가가 들여다보면

나비, 꽃사슴만 있는 것이 아니다.
뱀, 지네, 황소개구리도 있다.

그렇게 함께 사는 것이다!![13]
그래서 깨어 있어야만 하는 것이다.

〈순례 2년, 2018. 5. 14. 월요일〉

▶Photo by 서영석

---

13) 이 글을 처음 쓸 때도, 그렇게 함께 사는 것이다와 그렇게 함께 사는 것인가 보다를
놓고 많은 고민을 하였는데, 책을 내면서 그렇게 함께 사는 것이다를 선택했다. 원
글에는 그렇게 함께 사는 것인가 보다로 되어 있다.

09. 대한민국 제1의 순례길

그들은 자신있게 말했다.

프랑스와 스페인 사이에 산티아고 순례길이 있다면
서울과 경남 봉하 사이에는 노무현 순례길이 있다고.

산티아고 순례길이 800킬로미터라면
노무현 순례길은 500킬로미터라고.

산티아고 순례길이 세계 제1의 순례길이라면
노무현 순례길은 대한민국 제1의 순례길이라고.

〈순례 2년, 2018. 5. 15. 화요일〉

▲Photo by 필정 윤영석

10. 율도국과 깨시국

홍길동은 율도국栗島國을 원했다.
그래서 추종자들과 함께
그곳으로 떠났다. 그리고,
돌아오지 않았다.

깨시민은 깨시국旡市國을 원했다.
그래서 순례자들과 함께
그 길 위를 걸었다. 그리고,
되돌아와 살았다.

▲Photo by 서영석

우리는 떠나지 않는다.
우리는 이곳에, 사람 사는 세상
깨시국旡市國의 터를 닦을 것이다.

깨시민 : 깨어 있는 시민
깨시국 : 깨어 있는 시민들의 국토대장정
旡市國 : 깨어 있는 시민들이 꿈꾸는 세상
旡 : '깨어 있을 깨' 라고 약속함

〈순례 2년, 2018. 5. 16. 수요일〉

11. 역사를 다시 쓸 것이다

우리가 이 순례길을 완주하지 못한다면
그건 우리 자존심이 걸린 문제다.

우리가 이 순례길을 완성하지 못한다면
그건 우리 자존감이 걸린 문제다.

이제 일주일이다. 우리는 해낼 것이다.
그리고 역사를 다시 쓸 것이다.

대한민국 순례길 1번지를 만들 것이다.
그렇게 역사를 다시 쓸 것이다.

〈순례 2년, 2018. 5. 17. 목요일〉

▲Photo by 필정 윤영석   ▲Photo by 윤성복

12. 우리에게 순례길이란 무엇인가

순례는 바라보는 관점에 따라
종교적, 문화적, 명상적 순례 등이 있다.[14]

산티아고 순례자 중 소수만이
종교적 순례를 떠난다고 한다.

대다수는 바쁜 세상을 뒤로 하고
나를 찾기 위해 걷는 것이다.

그렇다면
우리에게 순례길이란 무엇인가?

그것은 내 삶의 궤적 속으로 들어가
마음속 누군가를 만나는 것이다.

〈순례 2년, 2018. 5. 18. 금요일〉

▶Photo by 김춘영

---

14) 문화 순례, 국토 순례, 명작 순례, 영화 순례, 미술관 순례 등등에서 알 수 있듯이 순
례라는 말이 종교적 울타리를 넘어서서 광범위하게 쓰이고 있다. 오늘날의 순례는
어느 곳을 특정한 다음 되풀이하여 들리는 것을 의미하는 거 같다. 이때의 특정이란
온오프의 하나 또는 여러 곳을 선택하여 특별한 곳으로 정한다는 의미이다.

13. 우연이 아니다

한 번은 우연이라 했다. 하지만
두 번은 우연이 아니다.

작년에 이어, 올해도
22구간 500킬로미터를 걷는다면

그건 더 이상 우연이 아니다.
그건 역사가 되는 것이다.

〈순례 2년, 2018. 5. 19. 토요일〉

▲Photo by 김명수

14. 파발마의 전언에 따르면

정성엽 순례자는 그의 아내와
딸의 응원을 받으며 두 아들과 함께
순례길을 완주하였는데

참가자들은 마의 구간을 정말
훌륭하게 완주하여 깨시국 시민들의
찬사를 한몸에 받았다고 한다.[15]

순례 : 깨시국의 연호年號
깨市國 : 깨어 있는 시민들이 꿈꾸는 세상
깨 : '깨어 있을 깨' 라고 약속함

▲Photo by 김춘영

---

15) 이들은 장미리 구간운영자가 준비한 김밥이며 오뎅 그리고 양푼이 비빔밥을 맛있
   게 먹었다고 한다.

- 덧붙이는 글 -

5 · 18 광주민주화운동 당시 희생된 님들께 애도를 표합니다.
우리는 님들의 희생 위에 서 있음을 잊지 않겠습니다.

〈순례 2년, 2018. 5. 18. 금요일, 약간의 비〉

▲Photo by 윤성복

▲Photo by 김명수

15. 이제 며칠 남지 않았다

지나간 시간은 뇌돌아 오지 않는다.

그래서

"같은 강물에 발을 두 번 담글 수 없다."라고
철학자 헤라클레이토스는 말하였다.

이제 며칠 남지 않았다.

우리의 역사는 20~22구간 순례자들이
어떻게 마무리하느냐에 달려있다.

우리는 믿는다. 20~22구간 순례자들이
노무현 순례길을 완성하리라고.

〈순례 2년, 2018. 5. 20. 일요일〉

▶Photo by 윤성복

16. 긴장의 끈을 놓지 말자

그래 솔직히 부러웠다.
길 위를 힘들게 걷는 건 마찬가지지만

눈을 사로잡는 비주얼한 우월감은
산티아고 순례길을 따라갈 수 없었다.

하지만

깨방정당[16]과 닭살부부[17]의 등장 이후
순례자들이 보내온 그림들은
얘기가 좀 달랐다.

청보리며 파란 하늘이며 정말 보기 좋았다.
산티아고 배경이 부럽지 않았다.

(1구간부터 22구간까지 좀 더 비주얼한 코스를 선택할 필요가 있다고 본다.)

---

16) 깨방정당에 대해서는 이 책 제4장 14에 있는 깨방정길 탄생 비화를 보면 도움이 될 것이다.
17) 닭살부부는 노무현 순례길에 함께 참가하였던 어떤 부부가 비가 오는 중에도 원앙새와 같이 두 손 꼭 잡고 걸어서 남의 시선을 빼앗는 일이 벌어졌는데, 이후 남편이 올린 후기에 본인 부부를 닭살부부, 닭살커플이라고 소개한 데서 유래하였다.

▲Photo by 김진홍

그리고

처음 3분의 1 구간은 주로 순례자들과
아스팔트만 보였는데

그 아래 구간으로 내려갈수록
꽃과 산 그리고 주변의 대상에게도
관심을 주는 여유가 늘어났다.

그만큼 생각의 폭이 넓어지고
노무현 순례길에 대한 이해의 깊이가
깊어져 자연스레 우러나오는 거 같았다.

이제 하루 남았다. 긴장의 끈을 놓지 말자.
끝나야 끝나는 것이다.
나와 우리의 미래를 위해, 역사를 만들자.

〈순례 2년, 2018. 5. 21. 월요일〉

▲Photo by 김희진

Photo by 윤성복

▲Photo by 김진홍

제**3**장

깨시국 이야기

▲Photo by 강성진

01. 작지만 확실하게 행복한 것

무라카미 하루키村上春樹는 1986년 그가 쓴 작품
『랑겔한스섬의 오후(ランゲルハンス島の午後)』에서
'작지만 확실하게 행복한, 소확행小確幸'을 이야기했다.

그 후, 천천히 이 말은 독자들로부터 독자들로
이 젊은이들에게서 저 젊은이들로 들불처럼 퍼져나가
이제는 소확행小確幸을 실천하는 세상이 되었다.

우리도 노무현이라는 이름으로,
작지만 확실하게 행복할 수 있을까?

물론이다!! 할 수 있다!!

▲Photo by 윤치호

우리는 지난 5월 1일부터 5월 22일까지
대한민국 최고의 순례길인 '노무현 순례길'을 만들며
작지만 확실하게 행복한, 소확행小確幸을 맛보았다.

이제,

작지만 확실하게 행복할 수 있는
'노무현 순례길'을 더 많은 사람들과
나누어 가지려는 적극적인 노력이 필요한 시점이다.

민율의 깨시국 이야기 (1)[18]
〈순례 2년, 2018. 5. 25. 금요일〉

▲Photo by 윤영석

---

18) 민율은 저자의 호이다. 이를 다산 정약용처럼 쓴다면 민율 민서희가 될 것이다.

▲Photo by 윤치호

▲Photo by 윤치호

02. 모래시계 이야기

모래시계에서 모래가 떨어져 시계가 되는 것은
다음과 같은 세 가지 과정에서 비롯되는 거 같다.

1. 모래가 떨어진다.
2. 규칙적이다.
3. 시간을 담아낸다.

자,
남의 이론을 가져올 거 없이, 우리 깨시국에
필요한 '모래시계 이론'을 만들어 보자!!

1. 순례길을 걷는다.

◀Photo by 김나윤

2. 매년 규칙적이다.

3. 마음을 담아낸다.

사람의 마음을 담으면 혁명을 할 수 있다.
뭐, 거창한 혁명을 말하는 것이 아니다.

자,
작지만 확실하게 행복을 느낄 수 있는
대한민국 최고의 순례길, '노무현 순례길'을 통해
'순례혁명'을 만들어 보자!!

'순례혁명'을 통해
함께 사는, 사람 사는 세상을 이야기해 보자!!

민율의 깨시국 이야기 (2)
〈순례 2년, 2018. 5. 26. 토요일〉

▶Photo by 윤성복

03. 크고도 확실하게 행복한 것

모래시계의 아랫 부분은
우리가 발을 디디고 있는 세계이다.
이를 형이하形而下라고 한다.

형이하形而下의 세계인
깨어 있는 시민들의 국토대장정에서는
작지만 확실하게 행복한 '노무현 순례길'을 통해
'순례혁명'을 이룰 수 있다.

모래시계의 윗부분은
우리가 머리로 그리는 세계이다.
이를 형이상形而上이라고 한다.

형이상形而上의 세계인
깨어 있는 시민들의 나라(堯市國)에서는
크고도 확실하게 행복한 '사람 사는 세상'이라는
우리의 꿈을 그릴 수 있다.

자, 이제!!
작지만 확실하게 행복한 소확행小確幸을 바탕으로
크고도 확실하게 행복한 대확행大確幸을 꿈꾸자!!

그리고 선포하자!!

우리 깨시국(竟市國)은

소확행을 실천하며 대확행을 꿈꾸는

시민들의 나라라고!!

민율의 깨시국 이야기 (3)
〈순례 2년, 2018. 5. 27. 일요일〉

▲Photo by 윤치호

04. 순례혁명巡禮革命을 만들자

모래가 시계가 될 수 있듯이
순례가 혁명이 될 수 있다.

시민의 마음을 담으면 혁명이라 하고
시민의 마음을 담지 못하면 쿠데타라고 한다.

우리가 '촛불 혁명'이라고 하는 이유는
촛불에 시민(국민)의 마음을 담았기 때문이다.

자,

순례에 시민의 마음을 담아
순례혁명을 만들어 보자!!

작지만 확실하게 행복을 느낄 수 있는
대한민국 최고의 순례길, 노무현 순례길을 통해
순례혁명巡禮革命을 만들어 보자!!

순례혁명巡禮革命을 통해
함께 사는, 사람 사는 세상을 이야기해 보자!!

제1차 순례혁명

천 개의 바람이 되어 봉하에 입성하자.

제2차 순례혁명

5천 개의 바람이 되어 봉하에 입성하자.

제3차 순례혁명

1만 개의 바람이 되어 봉하에 입성하자.

민율의 깨시국 이야기 (4)
〈순례 2년, 2018. 5. 28. 월요일〉

▲Photo by 윤치호

▲Photo by 윤영석

▲Photo by 이지연

▲Photo by 최영

▲Photo by 윤치호

05. 깨문화(깨文化)에 대한 단상

문화(文化, Culture)란
사람이 하거나 만든 모든 것이다.

사람이 하거나 만들지 않은 것을
자연(自然, Nature)이라고 한다.[19]

한국 사람들이 하거나 만든 것을
한국문화韓國文化라 하고

그렇게 하거나 만들어진 것들을
김치문화, 선비문화 등등이라 한다.

따라서

깨시민이 하거나 만든 것을
깨문화(깨文化)라고 한다.

깨시국, 깨시민, 노무현 순례길, 티셔츠, 핀버튼
순례자, 깨돼지, 깨하마, 깨방정당, 뒷풀이 등등

---

19) 『중국 4대 요리 해설서』 민서희 외 지음, 서울 2015, 도서출판 생소사. 8쪽.

그들은 이미 시나브로(모르는 사이에 조금씩)
그렇게 많은 깨문화를 만들고 있있다.

이제, 그들은

깨시국 MT, 깨시국 마스코트
노무현 순례길 사진 전시회 등을 통해
또 다른 깨문화를 창출하려 하고 있다.

그렇다!!

그들이 하거나 만들면 문화가 되고[20]
그들의 문화는 곧 역사가 될 것이다.

민율의 깨시국 이야기 (5)
〈순례 2년. 2018. 5. 29. 화요일〉

◀Photo by 윤성복

---

20) 한국문화에서는, 어떤 모임과 그 이후의 뒤풀이를 1차 · 2차 · 3차 등으로 표현하곤
한다. 이를 깨시국에서는 순례길에서 사용하는 구간을 가져와 1구간 · 2구간 · 3구
간이라고 하는데, 이것 역시 깨문화가 되는 것이다.

▶Photo by 김춘영

▲Photo by 이길빈

▲Photo by 정혜정

06. 서울Seoul과 깨울Caeul

기왕 깨시민의 나라, 깨시국(㤠市國)을 선포했으니
이제 깨시국의 서울을 선포해야 할 차례인~ 듯하다.

어느 나라든지

그 나라의 깨어 있는 시민들은
자기들이 세상의 중심이라고 할 터이니

우리는 좌표에서 그 점을 찾아
'깨시국의 서울' 이라고 선포하자!!

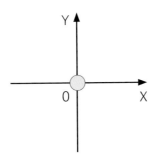

위 그림의 노란 원점이
우리 깨시국의 서울 '깨울(Caeul)' 이다.

깨울을 다른 말로 '깨O(깨오, Cae O)' 라고 한다.

O는 Origin of the world의
머리글자이다.

깨울을 달리 이야기하면
깨도(홓都, Caedo, 깨시국의 수도)가 될 것이다.

그리고

깨울의 별명으로 깨영(홓霙, Caeyoung)이 있다.

수학에서는 안 쓰이지만 우리의 삶은
수학이 아니니 별명으로 써도 될 것이다.

민율의 깨시국 이야기 (6)
〈순례 2년, 2018. 6. 4. 월요일〉

▲▶ Photo by 윤치호

07. 작은 거인, 바울

그의 이름은, 작은 거인이라는 뜻의
바울(Baul, Paulus)이었다.

그는, 예수의 12제자가 아닐뿐더러
예수를 본 적도 없었다.

그런 그가 예수 그리스도의 복음에는
인종적, 사회적 차별이 없다며
예수를 알리기 시작했다.

그의 이러한 전도로 인해, 마침내
유럽의 운명은 다른 길로 들어서야 했고
가톨릭은 로마의 국교國敎가 되었다.

노무현 없는 노무현 시대에는
필연적으로 바울이 등장해야 한다.
그 중심에 깨시국이 있다.

민율익 깨시국 이야기 (7)
〈순례 2년, 2018. 6. 10. 일요일〉

▶Photo by 김춘영

제4장

깨시국
작은 이야기

▲Photo by 정수미

▲Photo by 주민우

01. 이름을 지어주세요

그래요,

두 살 된 우리 아기에게

예쁜 이름을 지어주세요~

그래요,

성은 좀 길지만, 있어요~

'노무현 순례길' 이라고 한답니다.

그래요,

1구간부터 22구간까지

예쁜 이름을 지어주세요~[21]

민율의 작은 이야기 (1)
〈순례 2년, 2018. 5. 24. 목요일〉

▶Photo by 윤치호

---

21) 2019년 2월 현재, 노무현 순례길 11구간의 이름은 깨방정길이고, 17구간의 이름은
신혼길 또는 17순례자길이다. 그 외 나머지 구간의 이름은 아직 정해지지 않았다.
바라건대 노무현 순례길 제3기에서 에피소드를 많이 만들어 재미있는 이름들이 지
어지기를 소망해 본다.

02. 쿠키와 민트를 듬뿍

순례길 3분의 2 지점, 16구간에서
순례객들은 커피숍에 들러 커피를 마셨다.

그 커피숍 사장님 하시는 말씀이
"저도, 응원합니다. 내년에는 함께할게요"

그러면서 쿠키와 민트를 듬뿍 챙겨주었다.

그런 응원을 받고 어찌 못 걷겠는가!!
세상은 아직 살만한 거 같다!![22]

민율의 작은 이야기 (2)[23]
〈순례 2년, 2018. 6. 30. 수요일〉

◀Photo by 김춘영 　　　　　　　　▲Photo by 윤성복

---

22) 윗글은 16구간 후기에 있는 내용을 저자 시점에서 쓴 글이다.
23) 책을 내면서 독자들의 이해를 돕기 위해, 민율의 작은 이야기 순서를 네이버 밴드
　　에 있는 것들과는 다르게 변경하였다. 날짜가 뒤로 밀린 것이 있을 것이다.

03. 동물들의 비상시국선언

최근 동물들이 깨시국 때문에
'비상시국선언' 을 하였다고 한다.

노무현 순례길 제3기의 성공을 위해
돼지, 하마 등을 입양해 살찌게 한 뒤

2019년 4월 30일 집단으로
배를 가른다는 소문이 돌면서

동물들이 '비상시국선언' 을 하였고
깨시국 대장과 담판을 하였다고 한다.

담판 내용은 아래와 같다.

1. 동물들도 순례길을 환영란다.
2. 동물들 100마리만 허용란다.

깨어 있는 시민 여러분, 100마리는
동물들도 허용하였다고 합니다.

노무현 순례길 제3기의 성공을 위해
지금부터 '깨시국 저금통'을 만들어 주십시오.

동참하실 때는 밴드에 본 글로 올려주십시오.
그래야 다른 분들도 쉽게 알 수 있고
밴드도 활성화됩니다.

자세한 내용은
'릴레이 깨저금통 만들기 운동본부'를 클릭하세요. [24]

민율의 작은 이야기 (3)
〈순례 2년, 2018. 5. 31. 목요일〉

◀Photo by 황태수(제8호, 제9호)

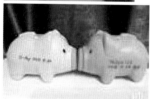

▲Photo by 정수미(제14호)

▲Photo by 이옥수(제12-1호, 제12-2호)

24) 윗글은 깨시국의 함도현 순례자가, 2019년 5월 1일~5월 22일까지 진행될 노무현
순례길 제3기에 사용할 경비를 저금통에 모았다가 4월 30일 집행부에 기부하자는
취지로 글을 올렸고, 이를 본 저자가 이에 호응해 좀 재미있게 써 본 글이다.

04. 돼지 저금통과 사람 사는 세상

본시 아는 것이 없는 무명작가여서
집에 있는 몇 권의 책을 보며
소확행, 대확행 하다보니

금방 밑천이 떨어지는지라
도서관에 왔습니다.

열심히 공부해서, 내공을 길러서
체면치레하려고 합니다.

그리고 도서관 오는 길에
돼지 저금통도 하나 장만했습니다.

다른 순례자님들께서도 주저 마시고
살아가시는 소소한 이야기 들려주십시오.

우리는 수도사나 구도자가 아닙니다.
여행가셨으면 여행 이야기를

밥집에 갔으면 음식 이야기를
올려주십시오.

사람 사는 세상의 이야기를
들려주십시오.

깨돼지 저금통 같은 아이디어를 올려주십시오.

깨시국은 깨시민들이 자발적으로 만들어 가는
매우 활기차고 건강한 나라입니다.

민율의 작은 이야기 (4)
〈순례 2년, 2018. 5. 27. 일요일〉

▲▲▼Photo by 민율

05. 노무현의 현주소

2018년 5월 현재 국립중앙도서관이
소장하고 있는 문헌 보유 현황입니다.

(단행본에 석사, 박사학위 논문 포함)

순위	이름	전체자료
1	이 황	12,992
2	김 구	10,441
3	김정일	8,967
4	이승만	8,284
5	박정희	7,730
6	김대중	7,150
7	정약용	7,103
8	이율곡	6,771
9	세종대왕	6,688
10	이순신	6,441
11	홍길동	4,481
12	김영삼	3,751
13	김일성	3,398
14	여운형	3,128
15	김유신	2,956
16	노무현	2,887
17	이명박	2,606
18	박근혜	2,332
19	임꺽정	1,410
20	전두환	1,043
21	노태우	869
22	김좌진	654

순위	이름	단행본
1	박정희	1,859
2	김정일	1,759
3	김 구	1,663
4	김대중	1,514
5	정약용	1,427
6	이 황	1,330
7	세종대왕	1,251
8	이순신	1,208
9	이율곡	1,099
10	김일성	1,006
11	홍길동	825
12	김영삼	763
13	노무현	704
14	박근혜	612
15	이승만	602
16	이명박	583
17	김유신	531
18	전두환	252
19	임꺽정	238
20	노태우	189
21	여운형	98
22	김좌진	96

좀 갈 길이 바빠 보입니다.

민율의 작은 이야기 (5)
〈순례 2년, 2018. 6. 2. 토요일〉

▲Photo by 함도현

▲Photo by 최영

▲Photo by 윤성복

◀Photo by 윤치호

06. 자랑스런 깨시국의 시민으로

그는

노무현 순례길 10구간을
함께한 깨시국의 시민이다.[25]

그에게

깨시국 시민들이 바라는 것은

당선되었다고 우쭐하지 말고
낙선하였다고 좌절하지 말며

우리가

노무현 순례길을 걸으며 나누었던
사람 사는 세상 이야기를

내년에

---

25) 노무현 순례길 제2기 10구간을 같이 걸었던 분들은 참 많았는데, 그중 한 명이 허
태정 대전시장 후보였다. 허태정 후보는 이후 있었던 6.13 지방선거에서 당선되어
2019년 2월 현재, 대전시장으로 재임 중이다.

노무현 순례길을 또 걸으며
정답게 이야기 나누자는 것이다.

언제나

자랑스런 깨시국의 시민으로서
사람 사는 세상을 이야기하자는 것이다.

민율의 작은 이야기 (6)
〈순례 2년, 2018. 6. 7. 목요일〉

◀▲Photo by 필정 윤영석

07. 4구간의 정치 초년 순례자

묵묵히 걷고 있는 그에게
무명작가가 농담을 건넸다.

남이 땅을 사면 배가 아프다고 합니다.

그럴 땐

병점에 가서 무속인에게
병점病占을 쳐보세요.[26]

그러나

그는 무심하다는 듯 걷기만 했다.

그도 그럴 것이

그가 걷는 길이
노무현 순례길, 제4구간 병점이었다!!

무명작가는 급히

---

26) 노무현 순례길 4구간은 병점역에서 시작되는 데서 착안하여 재미있게 써 본 글이다.

화제를 바꾸었다.

정치 초년생이라고 하던데
당락을 떠나

사람 사는 세상을 이야기하며
우리가 4구간을 함께 걸었다는 것

그리고
순례길에서 나를 뒤돌아보며 다짐했던
그 초심을 잊지 말아 달라고 부탁했다.

그러자
그는 미소로 화답하며
가벼운 발걸음을 앞으로 옮겼다.[27]

민율의 작은 이야기 (7)
〈순례 2년, 2018. 6. 7. 목요일〉

◀▲Photo by 이강옥

27) 4구간은 채인석 화성시장과 서철모 화성시장 후보가 참가하였고, 이후 실시된 6.13
    지방선거에서 서철모 후보가 당선되어 2019년 2월 현재, 화성시장으로 재임 중이다.

08. 정치란 무엇인가

정치(政治, Politics)란
마음을 얻고 유지하는 것이다.

한 번 마음을 얻었다고
경거망동하다

그 마음을 준 이들에게
많은 정치인들이 버림을 받았다.

여기

마음을 얻고 그 마음을 유지하고
싶어 하는 한 깨시민이 있다.

그에게[28]

사람 사는 세상에 대해
진지하게 고민하고

---

[28] 6.13 보궐선거에 출마한 김정호 후보가 격려차 진영역에 있는 순례자들을 방문하
였다. 이후 김정호 후보는 국회의원에 당선되어 2019년 2월 현재, 국회의원으로 재
임 중이다.

늘 깨어 있으려고 노력한다면

시민들의 마음은 늘 열려있을 것이라고

조용히

귀띔해 주고 싶다.

민율의 작은 이야기 (9)
〈순례 2년, 2018. 6. 10. 일요일〉

▲▶Photo by 이태주

▲Photo by 윤치호

09. 정치란 바른 것이다

공자가 말했다.
"政者, 正也(정자, 정야)."[29]

이를 두고
어떤 이는 "정치란 바로잡는 것이다." 하고
어떤 이는 "정치란 바르게 하는 것이다."라고 했다.[30]

그러나

바로잡는 것에만 집착하면
민심을 잃을 수 있다.

여기

구민을 위해 일하고 싶어 하는
깨시국의 시민이 있다.[31]

---

29) 『논어(論語)』 「안연편(顏淵篇)」
30) 공자의 제자 자로가 공자에게 물었다. "위나라의 재상이 되신다면 먼저 무엇을 하시겠습니까?" 이에 대해 공자가 대답했다. "기필코 이름을 바로잡겠다(필야 정명, *必也 正名*)"라는 말에서도 알 수 있듯이, 공자는 바로잡는 것을 정치라고 본 거 같다. 하지만 공자는 주유천하를 하였음에도, 정치할 기회조차 얻지 못하고 작고하였다.
31) 정용래 유성구청장 후보가 순례자로 참가하여 10구간을 함께 걸었는데, 이후 6.13 지방선거에 당선되어 2019년 2월 현재 유성구청장으로 재임 중이다. 그 외에도 9구간에 참가한 대덕구청장 후보, 대덕구지역위원장 등 많은 분들이 있었다.

그에게

사람 사는 세상에 대해 고민하며
누가 봐도 바르게 한다면

마음을 얻고
오래 유지할 것이라고

말, 해주고 싶다.

민율의 작은 이야기 (9)
〈순례 2년, 2018. 6. 12. 화요일〉

◀▼Photo by 필정 윤영석

10. 대리인의 딜레마

유권자의 선택을 받은
당선인들은 그 유권자의 대리인들이다.

유권자들은 선거를 통해 자신들의 권한을
대리인에게 이양한다.

이후
대리인 문제(代理人 問題, Agency problem)가 발생한다.
유권자 위에 올라서거나 무시하는 것이다.

노란 옷을 입고 노무현 순례길을 걸었던
정치인들에게 부탁하는 것은

대리인의 딜레마에 빠지지 말고
늘 유권자를 섬기는 정치를 고민해 달라는 것
이다.

민율의 작은 이야기 (10)
〈순례 2년, 2018. 6. 12. 화요일〉

▶Photo by 김춘영

11. 바람이 불면 그분인 줄 알겠습니다

깨시국 순례 2년, 5월의 어느 멋진 날에
그녀는 다른 순례자들을 보며 다음과 같이 썼다.

노무현 순례길을 이토록
행복하게 걷고 있는, 그대들을 봅니다.

노무현 순례길을 이만큼
노래하며 걷게 해준, 그분의 친구를 봅니다.

노무현 순례길을 먼발치서
설렘으로 기다리는, 나를 봅니다.

◀Photo by 윤치호

바람이 불면

그분인 줄 알겠습니다.

–––––––

손은미 님, 당신은 참 맑은 순례자입니다.

당신께 경의를 표합니다.

민율의 작은 이야기 (11)
〈순례 2년, 2018. 6. 1. 금요일〉

▶Photo by 윤치호

▲Photo by 서영석

12. 그래서, 노무현

그는 순례자의 남편이었다.
그는 방관자, 이방인이었다. 그러넌
그가 돌아왔다. 아래와 같은 글을 쓰고!!

누구도 마침표를
찍지 못한

이 나라의 평등과
균등과 자유를 위해

활화산 같은
열정을 토해내고

또한

슬픈 정치사에
부끄러움을 알게 해준

그는 참!!
고마운 사람이다.

▲Photo by 윤치호

하여

우리는 노무현이다.
우리가 노무현이다.

————————

노 선생님 당신께 경의를 표합니다.
이제 우리는 깨시국의 같은 시민입니다. [32]

민율의 작은 이야기 (12)
〈순례 2년, 2018. 6. 8. 금요일〉

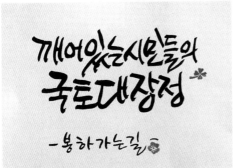

▲Photo by 박근환

▲Photo by 함도현

32) 깨시국에 올리려고 준비해놨었는데, 어찌하다 보니 깨시국에는 깜박하고 올리지 못했던 글이다. 하지만 이 책을 통해 올리니 많은 깨시민들이 한 번쯤 눈여겨 읽어 주었으면 하는 마음이다.

12. 순례의 길 (1)

아카시이꽃이 하얗게 지는 5월이 오면
허기진 짐승의 본능으로 가냘픈 신음을 토하며
누군가를 만나러 간다는 한 사나이가 있다.

그의 이야기에 잠시 귀 기울여 보자.

–––––––

아카시아꽃이
하얗게 지는 5월이 오면

허기진 짐승의 본능으로
가냘픈 신음을 토하며

우린 그를 만나러 간다.

아직도 이땅에 완성되지 못한
'사람 사는 세상' 을 향한

타는 목마름으로

▲Photo by 최영

우린 그가 갔던 500킬로미터

순례의 길을 떠난다.

민율의 작은 이야기 (13)
〈순례 2년, 2018. 6. 25. 월요일〉

▲Photo by 이강옥

▲Photo by 김진홍

13. 순례의 길 (2)

긷고 또 싣고 비가 오나 바람이 부나
반칙 없는 세상을 향한 22일간의 긴~ 여정을

노란 물결 따라 잠시 떠나 보자.

ーーーーーーー

걷고 또 걷고
비가 오나 바람이 부나

설익은 5월의
뙤약볕 아래서도

이 땅의 평화와 민주주의를 외쳤던

그를

9년 전 기억의 저편에서 소환하여

이제

▲Photo by 최

선명하게 각인된
내 머릿속 대통령으로

반칙 없는 세상을 향한
22일간의 긴~ 여정을

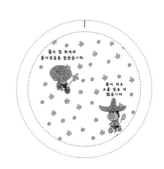

노란 물결을 이루며
순례의 길을 떠난다.

_____

노두권 순례자님께 경의를 표합니다.
당신은 진정 깨시국의 소중한 시민입니다. [33)]

▶Photo by 윤영석

---

33) 위에 있는 '순례의 길'은 나눠지 않고 이어져 있었으나 저자가 (1)과 (2)로 나누었
다. 네이버 밴드의 깨시국에는 (1)만 올라와 있는데, 이번 책을 내면서 추가하였다.
노두권 님의 의도대로 나누지 않고 읽어도 좋고, 저자의 의도대로 나누어 읽어도 좋
겠다는 생각이다.

14. 깨방정길(The hyper way) 탄생 비화祕話

노무현 순례길, 제2기 11구간
순례자들이 보이지 않았다.

걷는 사람들은 시종일관
까르르 까르르 재잘 재잘

뭐가 그리 재미있는지
송 감독의 혼을 빼놓고 있었다.

그들은

깨방정당을 창당하러 왔다며
송선영을 총재로 선출했다. ㅋㅋㅋ

그런 다음,
깨시국에 둥지를 틀고 싶다고 했다.

깨시국 대장은 한참을 고민하다
트럼프처럼 협상에 나섰다.

협상 결과는 최악이었다. ㅋㅋㅋ

▲Photo by 최영

1. 깨방정당의 깨시국 내 활동을 허용한다.

2. 깨방정당이 11구간을 5년간 책임진다.

3. 11구간의 이름을 '깨방정길(The hyper way)'로 한다.

4. '깨강정길'이라고 하는 순례자는 처벌한다. ㅋㅋㅋ

위와 같이

엄청나게 불리한 협상임에도 불구하고

깨시국 대장을 탄핵하자는 이야기가

깨시국 내에서 아직, 감지되고 있지 않다고 한다.

암튼, 그리하여 믿거나 말거나 ㅎㅎㅎ

깨방정길(The hyper way)이 그렇게 만들어졌다고 한다.[34]

깨방정길은 5년간 유효하다고 한다.[35]

그 이후는 ㅋㅋㅋ

민율도 모른다. - 끝 -

민율의 작은 이야기 (13)
〈순례 2년, 2018. 5. 29. 금요일〉

---

34) 네이버 밴드의 깨시국에는 The가 빠져있어서 보충하였다.
35) 위 이야기는 사실을 바탕으로 지어낸 이야기이다. 사실은, 제2기 11구간의 순례자들이 서로 다짐하기를, 앞으로 5년 동안 11구간에 참가하여 재미있게 같이 걷자는 뜻으로 "이제부터 우리는 재미있게 깨방정을 떨며 5년 동안 이 길을 걷자!!"고 약속하였다고 하며, 11구간을 걸었던 제2기 참가자들의 모임을 '깨방정당'이라고 하였다고 한다.

▲Photo by 김춘영

제5장

깨시국의
노무현 정신

▲Photo by 주민우

01. 깨시국의 노무현 정신 (1)

오늘 저에게 노두권 선생님이 "깨시국은 노무현 정신에 어떤 의미를 두는가?"라는 질문을 하셨습니다. 이 질문에 대해 제가 깨시국을 대표해서 답변드릴 위치에 있지는 않지만, "다른 뜻은 없으며, 그저 친근해 버린 작가님께 질문하는 것"이라고 해서서 몇 자 적으려고 합니다.[36]

노무현 정권을 평가하는 분들 중에는, 노무현과 주변 사람들의 아마추어리즘을 질타하는 분들이 있습니다. 뭐 그렇게 볼 수도 있을 것입니다. 공자가 정치에 뜻을 두고 주유천하를 하였지만, 그의 아마추어리즘으로 인해 실패를 하고 돌아옵니다. 그러나 공자를 계승한 맹자와 순자 등이 나오면서 유학이 국교가 되고 유학의 경전으로 시험을 보아 국가공무원을 뽑게 됩니다.

공자가 돌아가시고 약 100년 후, 맹자는 맹자 자신의 이론을 추가하여 맹자 시대를 담으려고 노력하였습니다. 그런데 맹자가 작고할 무렵 태어난 순자는 이러한 맹자가 맘에 들지 않아, 좀 더 공자의 색깔을 내려고 노력하였습니다. 하지만 길게 보면 순자 중심으로 흘러가지 않고 맹자 중심으로 흘러가게 됩니다.

---

36) 노두권 님의 질의를 받고, 정신없이 두 시간 가량 쓴 분량이 한 번에 올리기에는 너무 많아 여러 차례에 걸쳐 나누어 올리게 되었다. 깨시국에 올릴 때의 제목은 민율이 본 깨시국의 노무현 정신이었다.

공자가 돌아가시고 1,600년 후에 태어난 주자는 남송의 문제의식으로 공자를 풀어냅니다. 그리하여 주자학이 나왔고 주자 사후 명나라와 조선국에서 공자는 다시 한번 꽃을 피우게 됩니다. 대한민국이 우리나라의 정식 국호이듯, 조선국이 조선의 정식 국호입니다.

　문제는 부처, 예수, 공자 등이 운명을 달리하시고 그분들을 직접 보셨던 분들과 그분들을 모르는 사람들이 교차하는 교차기가 있었듯이, 우리는 노무현 없는 노무현 시대 1기를 살아가고 있다는 것입니다.

　노무현과 밥도 먹고 일도 했던 분들이 다 돌아가시면, 노무현 없는 노무현 시대 2기가 시작되는 것이고요. 저는 이와 같은 시기를 나누어, 앞의 시대를 노노 1기라 하고, 뒤의 시대를 노노 2기라 부르고 싶습니다.

　같은 논리의 연장선 상에서 생물학적으로 살아있던 노무현의 시대로 거슬러 올라가, 태어나서 정치 입문 전까지를 노생 1기, 대통령 당선 전까지를 노생 2기 그리고 서거까지를 노생 3기로 나눌 수 있을 거 같습니다.

　문제는 노노 1기와 노노 2기의 생각은 하늘과 땅처럼 서로 다르다는 것입니다. 노노 1기가 노노 2기보다 더 어렵습니다. 왜냐하면 노노 1기에는 노생 1기나 2기 또는 3기 때부터 노무현을 알고 지내던 많은 분들이, 노무현 정신의 직접적 계승자임을 자처할 수 있는 유리한 시간대이기 때문입니다.

이와 같이 어려운 시간대에 깨시국이 출현한 것은 어찌 보면 숙명 같은 사건이라고 할 수 있습니다. 노노 1기에서 노노 2기로 넘어가는 과도기에는 과도기의 시대정신을 표출하려고 하는 시대적 요구가 있기 때문입니다.

30~40년 후, 노노 2기가 노노 1기 중 무엇인가를 선택할 텐데 저는 노노 2기가 노노 1기 중 깨시국을 계승할 것이라고 생각합니다. 물론 깨시국이 잘했을 때 그렇게 될 것이라는 말씀입니다.

좀 길어져서, 깨시국의 노무현 정신 (2)로 넘어가겠습니다.

〈순례 2년, 2018. 6. 11. 월요일〉

▲Photo by 윤치호

02. 깨시국의 노무현 정신 (2)

그럼 노두권 선생님이 질의하신 "노무현 정신은 무엇이고, 깨시국은 노무현의 정신을 어떻게 계승했다는 것인가?"라는 질문에 대해 답할 차례인 거 같습니다.

저는 정신이라는 말을 사상으로 대체하여 답변드리고 싶습니다. 아무래도 정신은 사상보다 좀 더 무거운 (어려운) 주제인 거 같습니다.

노무현 정신을 노무현 사상으로 바꾸었을 때, 그럼 사상이란 무엇일까요? 저는 사상(思想, thought)이란 '생각뭉치'라고 말하고 싶습니다. 한두 번 마음먹었던 것이 아닌, 반복적으로 마음먹은 것으로 인해 눈뭉치처럼 뭉쳐진 생각덩어리를 생각뭉치라고 표현하고 싶습니다.

그럼 노무현의 생각뭉치인 노무현 사상은 무엇일까요? 아래에 노무현 사상을 대충 열거해 보겠습니다.

- 지역주의 타파
- 원칙과 소신
- 대화와 타협
- 국민 참여 정치

- 반칙과 특권이 없는 세상

- 희생정신

- 명분이 있으면 손해를 감수하는 것

- 정면 돌파

- 승부사 기질

- 복지 없이는 성장도 없다

- 도덕 정치

- 정치자금의 혁명

- 대연정

- 깨어 있는 시민

- 사람 사는 세상

위와 같이 노무현의 생각뭉치 또한 여러 개가 있음을 알 수 있습니다. 그 가운데 깨시국이 선택한 키워드는 깨어 있는 시민입니다. 저는 깨어 있다는 말 속에 그 나머지 것들을 모두 담을 수 있다고 생각합니다.

그렇다면 깨어 있다는 것은 무엇일까요? 저는 먼저, 깨어 있다는 말을 두 가지 측면에서 살펴보려고 합니다. 첫째는 성찰적 의미이고, 둘째는 근원적 의미인 좌표적 의미입니다.[37]

제가 생각하는 깨어 있음의 성찰적 의미는, 이 세상에 대한 끊

---

37) 논리의 일관성과 통일성을 위해, 깨시국에 올린 일차적 의미를 성찰적 의미로 바꾸었다.

임없는 성찰입니다. 정치인이나 학자 등이 이야기한다고 하여 덮어 놓고 믿거나 받아들이는 것이 아니라, 다른 쪽에서는 그것을 어떻게 보는지, 보는 방법이 하나뿐인지 등을 거듭 되물음으로써 생각의 폭을 넓히고 깊이를 더 깊게 하는 것입니다.

그렇게 끊임없는 성찰의 눈으로 지역주의를 바라보고, 원칙과 소신을 음미하고, 국민 참여 정치를 논하고, 희생정신 등을 이야기하는 것이 깨어 있음의 성찰적 의미라고 말씀드리고 싶습니다.

깨시국의 노무현 정신 (3)에서 이어집니다.

〈순례 2년, 2018. 6. 12. 화요일〉

▲Photo by 윤치호

03. 깨시국의 노무현 정신 (3)

노두권 선생님, 이제 깨어 있음의 두 번째 의미인 근원적 의미에 대해 말할 차례인 거 같습니다. 저는 이 근원적 의미를 좌표를 통해 보여드리려고 합니다.

제가 생각하는 깨어 있음의 좌표적 의미란, 늘 0을 유지하려는 노력 (마음가짐)이라고 말씀드리고 싶습니다.

이를 비유를 통해 말씀드리면, 이론상 하나님은 X축과 Y축이 만나는 지점에 존재하시고, 그 만나는 점은 모든 수와 이 세상을 있게 하는 시원이자 근원이 됩니다. 그 자리를 굳이 숫자로 나타내면 0이라고 할 수 있습니다.

$0+1=1$이고, $0+7000=7000$이고, $0+7i=7i$이고, $0+A=A$이며, $0+$다람쥐=다람쥐이고, $0+$유리=유리입니다.

이와 같이 이 세상 모든 것에는 0이 내포되어 있습니다. 좌표에서는 0을 부정하면 그 부정하는 존재는 존재 의미가 없게 됩니다.

이러한 0의 존재 가치를 다른 곳에서도 찾을 수 있는데, 자릿값으로서의 0입니다. 즉 100만 원과 1,000만 원이 다른 것은 0이하나 더 있어서입니다. 0은 있으나 마나 한 것이라며 필요 없는 것이라며 0을 버린다면, 100만 원과 1,000만 원은 그냥 1원이 되겠지요. 하지만 현실은 그렇지 않습니다.

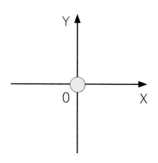

X축과 Y축이 만나는 곳을 기독교에서는 하나님 자리라고 하고, 서양철학에서는 모든 것을 만들어 내는 제1 원인이라고 하고, 노자는 도(道, Dao)라고 하고, 주렴계 쪽에서는 태극太極이라고 하고, 장횡거는 태허太虛라고 했으며, 불가에서는 부처의 마음자리라고 했습니다. 우리 대한민국의 국기인 태극기도 여기에서 나왔습니다.

그리고

깨어 있는 시민들의 나라인 깨시국에서는 깨시국의 서울을 X축과 Y축이 만나는 원점(Origin of the world)이라고 했으며, 그 점을 달리 깨울Caeul이라고 선포하였습니다. 그리고 이것을 숫자로는 0이라고 한다고 선언한 바 있습니다.

깨울은 깨어 있는 시민들의 마음의 고향이자 안식처와 같은 곳입니다.

어느 나라고 길게 보면, 깨어 있는 시민들에 의해 역사는 만들어져왔으며, 그러한 시민들은 늘 그 시대의 0의 자리에 있다고 생각했습니다. 여기서의 시민이란 행정구역상 시의 시민이자 각 행정구역의 주체자를 나타내는 대명사로 쓰이고 있습니다. 즉 국가에서는 국민이나 백성을, 군에서는 군민 등을 의미하는 대명사로 쓰이고 있습니다.

대한민국의 현실은, 깨시국의 수도인 깨울을 기준으로 그 왼쪽에 좌파(진보)가 있고, 그 오른쪽에 우파(보수)가 있습니다.

하지만 노무현이라는 사람이 나와서 '나는 진보(좌파)다'라고 말하기 전까지는, 보수에 의해 진보가 탄압을 받았으면 받았지, 보수와 어깨를 나란히 하거나 보수를 뛰어넘는 진보는 상상하기 힘들었습니다.

즉, 노무현의 선언으로 인해 드디어 대한민국의 제도권 정치 지형에, 진보와 보수가 경쟁하는 시대가 열린 것이지요.[38]

그런데 재미있는 것은 노무현이 스스로를 진보라고 선언하였음에도 불구하고, 이후 대한민국의 대통령에 당선되는 초유의 사

---

38) 윗글은, 「노무현이 '보수의 나라'에 뚫은 숨구멍」 이진욱 기자, 노컷뉴스 2017. 11. 14. 를 참고하였음을 밝힌다.
https://www.nocutnews.co.kr/news/4876544

태가 일어났다는 것입니다.

왜 시민들(유권자들)은 진보라고 선언한 노무현을 선택했을까요?

깨시국의 노무현 정신 (4)에서 이어집니다.

〈순례 2년, 2018. 6. 13. 수요일〉

▲Photo by 윤성복

▲Photo by 박근환

04. 깨시국의 노무현 정신 (4)

　앞에서도 언급했지만, 노무현이 스스로를 진보라고 선언하였음에도 불구하고 시민들은 노무현을 대한민국의 대통령으로 선택하는 경천동지할 일이 일어났습니다.

　아마도 그것은 오른쪽으로 너무 오랜 기간 쏠린 피로감이 임계점에 다달아 균형을 잡으려고 하는 시대적 요구가 표출되어 나온 것이 아닌가 생각됩니다.

　우리는 노무현을 좌표의 중앙에 놓지 않습니다. 좌표의 중앙에는 깨어 있는 시민들의 서울인 깨울Caeul이 있기 때문입니다. 앞으로 다음과 같은 좌표를 깨좌표(覺座標) 또는 C좌표(C座標)라고 부르기로 하겠습니다.

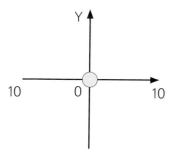

　깨시국의 시민들은 노무현의 사상을 깨어 있음에서 찾지만, 그렇다고 노무현의 삶을 우상시偶像視하거나, 교조화敎條化하여 좌표의 중앙에 놓지 않습니다.

좌표의 0은 늘 0으로서 존재해야만 그 존재의 존재의미가 있는 것이니까요.

노무현은 노무현 본인이 천명한 것처럼 좌표의 왼쪽에 위치하는 것이 타당할 것입니다. 좌표의 왼쪽을 1부터 10까지 나눈다면, 아마 노무현은 5 정도 되는 거 같습니다. 약하지도 않고 강하지도 않은 괜찮은 지점이 5입니다.[39] 그리고 깨좌표의 왼쪽을 L이라고 하고, 오른쪽을 R이라고 하겠습니다. 이때의 L과 R은 좌파(진보)와 우파(보수)를 의미합니다.

노무현 : L5

그리고 깨좌표의 위아래는 사지도의社指道義 즉 사회 지도층으로서의 도덕적 의무인 노블레스 오블레주(Nobless Oblige)가 오는

---

39) 좌파와 우파를 진보와 보수에서 떼어 내어, 좌파를 북한과 가까운 것으로, 우파를 북한과 거리를 두는 것으로 한다면, 이를 하나의 그래프에 나타낼 수 있다.

먼저 수평선을 긋고 수평선 위쪽을 진보(進步, progress)라고 하고, 수평선 아래쪽을 보수(保守, conservatives)라고 하고, 기호로 각 글자의 앞글자를 사용하여 P와 C로 나타내기로 한다. 그런 다음, 수평선과 직각이 되는 수직선을 긋고, 수직선의 왼쪽을 좌파(L), 그 오른쪽을 우파(R)라고 하기로 한다.

그런 다음, 이 둘을 합쳐 아래와 같은 그림을 만들 수 있다.

데,[40] 노블레스 오블레주가 있으면 위쪽에 위치하고, 노블레스 오블레주가 없으면 아래쪽에 위치합니다.

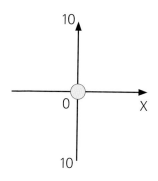

노무현 대통령 개인은 위쪽으로 8 정도 되는 거 같습니다. 이 때 수평선 위쪽을 U라 하고, 아래쪽를 D라고 표시하겠습니다. U 는 up, D는 down의 앞글자입니다.

노무현 : U8

깨좌표는 앞에서 뒤로 여러 페이지가 있는데, 그 첫 번째 페이지가 C1입니다. 이 때의 C는 깨좌표(Cae coordinate)의 첫 글자입니다.

C1은 좌파와 우파 그리고 사지도의를 나타낸 좌표입니다.

노무현 : C1 → L5, U8

40) 『조선 4대 전쟁과 의천검』 민서희 지음, 서울 2012, 도서출판 생소사. 125~128쪽.

C좌표의 두 번째 페이지인 C2는, 좌우가 내치內治이고 상하가 외치外治입니다. 노무현 대통령에 대한 C2는 어떻게 될까요. 아래에 넣어 보세요.

노무현 : C2 → ___, ___

나아가 어떤 한 사람의 일대기를 20대, 40대, 60대, 80대 등으로 구분하여 C좌표에 표시하면 그 사람이 살아온 궤적을 한눈에 살펴볼 수 있을 것입니다.[41]

깨시국은 노무현의 깨어 있음(曉)을 계승하면서도, 그 깨어 있음(曉)의 중앙을 무턱대고 노무현에게 내주지 않습니다.

이것이 진정으로 깨어 있는 것이며, 노무현 사상을 가장 잘 계승했다고 보는 것입니다. 즉 노무현 사상을 맹목적으로 받아들이지 않고, 노무현도 타자화他者化하여 그의 삶 또한 예외 없이 깨어 있는 눈으로 평가하려는 자세를 견지한다는 것입니다.

앞으로 깨시국이 0으로서 깨어 있는 자세를 꾸준히 유지할 수

---

41) 진보와 보수 그리고 20세, 40세, 60세, 80세라는 나이를 이용하여 그 사람의 일생 동안의 정치 성향을 그래프에 그릴 수 있다.

만 있다면, 분명 노노 2기는 깨시국을 계승할 것이고 노무현은 분명 빛을 발할 것입니다.

깨시국의 노무현 정신 (5)에서 이어집니다.

<순례 2년, 2018. 6. 14. 목요일>

▲Photo by 윤치호

▲Photo by 윤성복

05. 깨시국의 노무현 정신 (5)

앞에서도 언급했지만, 노무현 정신이나 사상을 깨시국에서는 깨어 있음에서 찾는다고 말씀드렸습니다.

깨시국이 깨어 있음(虠)을 노무현의 대표 정신이나 사상으로 보는 증거는 깨시국이라는 명칭 안에 내재해 있습니다. 즉 깨어 있는 시민들의 국가나, 깨어 있는 시민들의 국토대장정 속에 이미 깨어 있음(虠)이 들어 있는 것을 확인할 수 있습니다.

공자의 학문을 유학(儒學, Confucianism)이라 하고, 부처님의 가르침을 불학(佛學, Buddhology)이라 하고, 노자의 사상을 도학(道學, Taoism)이라 하듯이, 노무현의 사상인 깨어 있음을 깨학(虠學, Caelogy)이라 할 수 있을 것입니다. 이때의 깨(虠, Cae)는 '깨어 있을 깨' 또는 '깨시국 깨' 라고 약속합니다.

연역적으로 조금 써보면
깨학(虠學, Caelogy)이란 깨어 있음에 대해 연구하는 학문이다. 깨어 있음에는 크게 네 가지가 있다. 첫째, 물리적으로 깨어 있는 것이다. 둘째, 종교적으로 깨어 있는 것이다. 셋째, 성찰적으로 깨어 있는 것이다. 넷째, 좌표적으로 깨어 있는 것이다.

첫째, 물리적 의미의 깨어 있음이란 졸거나 잠을 자지 않는 몸

상태를 의미한다. 이를 간단히 깨물이라고 한다. 깨물이란 깨어 있음의 물리적 상태를 줄인 말이다. 그리고 깨물을 깨일이라고 할 수 있는데, 깨1이란 깨어 있음의 1차적 의미를 줄인 말이다.[42]

둘째, 종교적 의미의 깨어 있음(惺)이란 나태하거나 딴생각을 하지 않고 마음을 한곳에 모으는 것이다. 이를 간단히 깨종이라고 한다. 깨종이란 깨어 있음의 종교적 상태를 줄인 말이다. 그리고 깨종을 깨2라고 할 수 있는데, 깨2란 깨어 있음의 2차적 의미를 줄인 말이다.

셋째, 성찰적 의미의 깨어 있음이란 안주하지 않고 생각의 폭을 넓히고 깊이를 깊게 하는 것이다. 이를 간단히 깨성이라고 한다. 깨성이란 깨어 있음의 성찰적 상태를 줄인 말이다. 그리고 깨성을 깨삼이라고 할 수 있는데, 깨3이란 깨어 있음의 3차적 의미를 줄인 말이다.

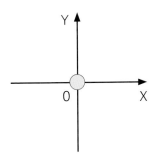

넷째, 좌표적 의미의 깨어 있음이란 마음을 깨좌표의 0인 상태

---

42) 논리의 단순성과 확장성을 위해 깨물, 깨1, 깨종, 깨2 등을 추가하였다.

로 유지하는 것이다. 이를 간단히 깨좌라고 한다. 깨좌란 깨어 있음의 좌표적 상태를 줄인 말이다. 그리고 깨좌를 깨사라고 할 수 있는데, 깨4란 깨어 있음의 4차적 의미를 줄인 말이다.[43]

우리 인류는 깨어 있음에 대해 아래와 같은 순으로 확장해 왔고, 알파고 같은 인공지능이 등장한 제4차 산업혁명 시대를 맞아 이제 좌표적 의미의 깨어 있음이 요청되는 시대를 살고 있다.

1. 물리적 의미의 깨 1.0 시작
2. 종교적 의미의 깨 2.0 시작
3. 성찰적 의미의 깨 3.0 시작
4. 좌표적 의미의 깨 4.0 시작
~~ 이하 생략 ~~

이와 같은 깨학(覺學)을 바탕으로 수많은 깨이론을 만들어 낼 수 있습니다.

깨이론을 줄이면 깨론(覺論, Cae theory)이 되고, 이즘(-izm)을 붙이면 깨리즘Caerizm이 되며, 유토피아Utopia를 가져오면 깨토피아Caetopia가 됩니다.

또한, 과학에 과학자가 있듯이 깨학을 연구하는 깨학자(覺學者,

---

43) 이를 앞, 깨시국의 노무현 정신 (3)에서는 깨어 있음의 근원적 의미라고 하였다.

Caelogist)가 가능하고, 유학儒學을 서로 공유하는 유림儒林이 있듯이 깨학을 공유하는 깨림(覺林, Caerim)이 가능하며, 깨시민(覺市民, Caetizen) 한 명은 깨인(覺人, Caenese)이라고 할 수 있습니다.

나아가, 깨시국과 함께하는 분들, 깨시국 안에서 옆에 있는 분들을 깨우(覺友)라고 부를 수 있습니다. 이는 불교에서 사용하는 법우, 기독교에서 사용하는 교우라는 말과 상통하는 말입니다.

그리고 역사를 거슬러 올라가 깨어 있음이 언제 등장하였고, 어떻게 흘러왔는지 살펴보는 과정이 필요하고, 다른 철학이나 사상 속에서는 깨어 있음을 어떻게 이야기하고 있는지 고찰하는 시간이 필요합니다.

우리는 노무현 없는 노무현 시대 1기인 노노 1기에 살고 있는데, 노노 1기의 과제는 깨학(覺學)을 이 시대의 담론으로 만드는 것이라고 생각합니다.

깨학을 이 시대의 담론(談論, discours)으로 만드는 가장 좋은 방법 중 하나는 노무현 순례길, 봉하 가는 길을 통해 1,000개의 바람을 만들고. 5,000개의 바람을 만들고, 10,000개의 바람을 만들어 22구간의 시작점인 진영역을 가득 메우는 것입니다.

아울러

깨어 있음에 대한 진지한 성찰로부터 우러나오는 시민들의 조직된 힘만이 이 시대를 담을 수 있는 그릇이 될 수 있다는 말씀과 깨어 있음에 대한 깊은 성찰 없이 만들어진 시민들의 조직된 힘은 오히려 이 사회에 해가 될 수 있다고 말씀드리고 싶습니다.

그리고

깨어 있음을 바탕으로, 깨시국이 매년 진행하는 노무현 순례길은 이 세상 그 어디에도 유례가 없는, 사람들이 걸어가며 만드는 22일간의 아름다운 행위예술(行爲藝術, performance art)이자 자기 내면으로 떠나는 명상여행이라고 말씀드리고 싶습니다.

그와 같은 행위예술이자 내면으로 떠나는 명상여행을 통해 행위예술적 아름다움을 만끽하고, 즐기고, 이를 널리 알리며, 작지만 확실하게 행복한 소확행을 통해 많은 깨시국 문화를 만들고, 깨어 있음에 대한 다양한 이론을 꾸준히 생산해 나간다면 분명 노노 2기는 노노 1기 중 깨시국을 선택할 것이고, 노무현은 존경받는 큰바위 얼굴이 될 것입니다.

이상으로 노두권 선생님께서 저에게 물어 보신 "깨시국은 노무현 정신에 어떤 의미를 두는가?"라는 질문에 대한 답을 줄일까 합니다. 답변이 되었는지 모르겠습니다.

아마도 누군가가 위 내용에 살을 붙인다면, 적어도 책 한 권은

족히 될 거 같습니다. 그날이 오기를 기다리며 줄입니다. 긴 글 읽으시느라 수고 많으셨습니다.

감사합니다.

〈순례 2년, 2018. 6. 15. 금요일〉

▲Photo by 윤치호

▲Photo by 송민준

▲Photo by 윤치호

▲Photo by 윤치호

제**6**장

깨시민과
철학자

함께살자
사람 사는 세상
5월은 노무현입니다

▲Photo by 김춘영

01. 깨어 있음과 철학哲學의 탄생

소크라테스(Socrates, BC 470~BC 399)는 그가 살던 시대의 지식인이나 사회 기득권층에게, 아고라 같은 공개적인 장소에서 많은 것에 대해 물었다.

가령, 소크라테스는 정치인에게는 "정치란 무엇입니까?"라고 묻고, 지식인에게는 "정의란 무엇입니까?", "경건이란 무엇입니까?" 등을 물었다. 이런 공개적인 질문을 받고 대답할 수 있는 사람은 아무도 없었다.

이와 같은 모습을 보고 당시 청소년과 청년들은 소크라테스를 흉내내어 기득권층과 지식인들을 따라다니며, 소크라테스가 했던 질문을 반복하며 그들을 조롱하고 야유했다. 그 결과 미운털이 박히고 괘씸죄에 걸린 소크라테스는 블랙리스트에 오르게 되고, 그를 미워했던 많은 사람들에 의해 법정에 기소되어 독약을 마시고 죽어야 했다.

▶Photo from:
https://t1.daumcdn.net/news/201607/08/
ked/20160708163703423vhvy.jpg

만약 오늘날 소크라테스가 생물학자를 만난다면 다음과 같이
물었을 것이다.

소크라테스 : "생물이란 무엇입니까?"
생물학자 : "생물이란 살아있는 것이지요?"
소크라테스 : "살아있다는 것은 무엇인가요? 어떤이는 갯벌이 살아
　　　　　　있다고 하는데 그렇다면 갯벌이 생물인 것입니까? 아니면
　　　　　　〈박물관이 살아있다〉라는 영화가 있던데 박물관도 생물
　　　　　　인 것입니까? 살아있다는 것은 도대체 무엇입니까??"
생물학자 : ¿@¿ 지금 뭐라고 하는거야 ¿@¿

　늘 이런 식의 대화가 오고 가는 중에, 대답하는 사람이 없자, 소
크라테스가 외쳤다!! "그노피 세아우톤!! (Gnothi seauton, Know Thyself,
너 자신을 알라!!)"

　늘 그런 대화를 하다보면, "그노피 세아우톤" 즉 "당신들이 모
른다는 것을 알아라!!"라는 말이 저절로 나왔을 것이다.

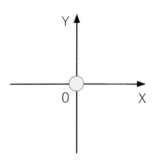

소크라테스는 자기는 늘 아무것도 모르는 0의 자세를 유지하며 상대방에게 선입견 없이 물었다. 즉 소크라테스는 마음을 0에 맞추고 세상을 바라본 깨울사람이었다.

깨울(ᄒᆞ, Caeul)은 깨시국의 서울이다.

소크라테스식 문답법을 깨울화법(ᄒᆞ話法)이라고 할 수 있을 것이다. 이때의 깨(ᄒᆞ)는 '깨어 있을 깨' 또는 '깨시국 깨'라고 약속한다.

소크라테스처럼 마음을 0인 상태로 하여 세상에 대해 묻고 사유하는 학문을 철학이라고 한다. 즉 철학(哲學, philosophy)이란 0의 마음으로 세상에 대해 묻고 사유하는 학문이다. 이렇게 하여 깨시국의 서울사람인 소크라테스에 의해 철학이 태어났다!!

사람만이 0을 아는 것은 아니다. 사람 외에도 0에 대해 알고 있는 동물은 앵무새, 원숭이, 꿀벌 등이 있다.[44]

우리 인류가 0에 대해 일찍부터 알고 있었음에도, 0에 대한 가장 오래된 기록은 AD 3~4세기에 만들어진 인도의 수학 교재 '바크샬리 필사본'이고, 0이라는 기호가 출현한 것은 1200년대이다.

---

[44] 「꿀벌도 이해하는 0의 개념... 0에 대한 궁금증들」, 이종림 객원기자, 동아사이언스 2018년 06월 13일.
　http://dongascience.donga.com/news.php?idx=22744

하지만 분명 소크라테스는 "나는 아는 것이 없는 백지 상태에서 질문하겠다"라고 함으로써 마음을 0에 둔 진정한 깨시국의 서울사람이었다. 그리고 철학은 깨시국의 깨울사람인 그에 의해 탄생되었다!!

*알림- 위 내용은 필자가 이전에 쓴 깨시국의 노무현 정신 1, 2, 3, 4, 5 이후에 이어지는 내용입니다. 생소한 내용과 용어가 나올 수 있으니, 먼저 깨시국의 노무현 정신 1, 2, 3, 4, 5를 읽기를 권합니다.

민율의 사색노트 (1)
〈순례 2년, 2018. 6. 20. 수요일〉

▲Photo by 필정 윤영석

▲Photo by 양승훈

02. 플라톤은 깨어 있는 시민이었다

플라톤(Plato, BC 427~BC 347)은 금수저로 태어났다. 그에게는 남부러울 게 없는 미래가 펼쳐져 있었다. 그는 도시국가 아테네의 시민이었고, 아테네는 공화국이었다. 플라톤은 장차 아테네의 위대한 정치가가 되겠다고 마음먹고 있었다.

▶Photo from:
https://swhistory99.blogspot.
om/2016/09/plato.html

그러던 그가 대중 속에서, 소크라테스의 깨어 있는 외침을 듣고, 그의 사이다같은 시원한 외침에 감동하여 정치를 포기하고 스승 소크라테스처럼 0의 마음으로 세상에 대해 묻고 사유하는 철학의 길로 들어서서, 깨어 있는 시민들의 나라인 깨시국(깼市國, Caetiland)의 시민이 되었다.

그러던 중 스승 소크라테스를 지극히 싫어했던 외부 집권 세력에 의해, 소크라테스가 독배를 마시고 죽어야 하는 충격적인 광

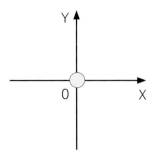

경을 목도하고, 깨어 있는 시민들의 조직된 힘만이 '국가'를 지킬 수 있다고 생각했다.

그후 우여곡절 끝에

그가 선택한 깨어 있는 시민의 조직된 힘은, 하버드대학교 같은 고등교육기관이었다. 그래서 그는 인류 최초의 대학교인 '아카데메이아Academeia'를 만들었다.

그가 만든 아카데메이아는 이후 1,000년간 유럽에 인적 자양분을 공급하는 토양이 되었다. 그는 비록 한 사람의 깨어 있는 시민이었지만, 1,000년간 유럽을 움직인 깨어 있는 거인이었다.

그가 꿈꾸었던 '이상국가'는 사지도의社指道義를 실천하며, 0의 마음으로 세상에 대해 묻고 사유하는, 깨어 있는 시민이 다스리는 나라였다.

민율의 사색노트 (2)
〈순례 2년, 2018. 6. 27. 수요일〉

▶Photo by 함도현

▲Photo by 양승훈

▶Photo by 윤치호

▶Photo by 김춘영

03. 그들은 모두 깨시민이었다

오늘날 학문 또는 전문 학술기관을 뜻하는 아카데미academy라는 말은 플라톤(Platon, Plato, BC 427~BC 347)이 세운 세계 최초의 대학인 아카데메이아Academeia에서 유래되었다.

그 아카데메이아의 입구에는 다음과 같이 쓰여 있었다고 한다. "기하학(수학)을 모르는 자는 들어오지 말라!!(Let no one ignorant of geometry enter here!!)"

이 말은 "논리적 보편성(일반성)에 대해 관심이 없는 자는 들어오지 마라!!"라는 의미이다. 좌표에서 보편성을 가진 것은 0이고, 그 나머지는 모두 특수성을 가진 객체이다.

소크라테스와 플라톤이 0의 마음으로 세상에 대해 묻고 사유했다는 것은 곧 논리적 보편성을 추구했다는 것이다. 그래서 그들은 누구에게나 논리적 보편성이 있는 수학을 그들의 핵심 가치로 여겼던 것이다.

자연수에서는 1+1=2 이다. 신(하나님)이 계산하여도 그 결과가 달라지지 않는다. 이보다 더 어떻게 보편적일 수 있겠는가!! 이렇듯 논리적 보편성이라는 '변하지 않는 것에 대한 사유'가 수학(기하학)을 낳았고, 그 수학으로 인해 우리 인류는 과학을 만들어 낼 수 있었다.

아테네 학당(아카데메이아)의 스승과 제자들은 모두 0의 마음
으로 세상에 대해 묻고 사유하였고, 자연스레 깨어 있는 시민들
의 나라인 깨시국(䁑市國, Caetiland)의 시민이 되었다.

우리는 깨어 있는 시민들이 만들어 가는 세상을 원한다!! 우리
는 논리적 보편성을 바탕으로 정치적 현실성, 경제적 현실성에
대해 고민하는 정치인, 경제인 등을 원한다.

민율의 사색노트 (3)
〈순례 2년, 2018. 7. 3. 화요일〉

▲Photo from:
http://blog.daum.net/sgs0330/86

▶Photo by 윤치호

04. 깨시민, 아리스토텔레스

제4차 산업혁명의 핵심은 빅데이터와 인공지능 등이다. 그리고 빅데이터와 인공지능 등의 핵심은 이것과 저것을 분류하는 것이다. 그 분류학을 거슬러 올라가면 아리스토텔레스를 만나게 된다.

아리스토텔레스(Aristoteles, BC 384~BC 322)는 마케도니아인이었다. 그는 선진국 아테네에 있는 플라톤이 만든 세계 최초의 대학인 하버드대학(아카데메이아)에 유학 갔다.

그는 그곳에서 0의 마음으로 세상에 대해 묻고 사유하는 방법을 배웠고, 자연스레 깨시국(覺市國, Caetiland)의 시민이 되었다. 그리고 논리적 보편성에 대해 고민한 끝에, 다음과 같은 3단 논법을 만들어 냈다.

1. 사람은 죽는다.
2. 아인슈타인은 사람이다.
3. 따라서 아인슈타인은 죽는다.

위 3단 논법을 넘어서는데 인류는 2,000년 이상 걸렸다. 이 말은 그가 학문 세계에서 신처럼 2,000년간 군림할 수 있었다는 말이 된다.

정치적 타살로 죽어야 했던 소크라테스로 인해, 플라톤이 시민들의 조직된 힘에 대해 고민한 결과 인류 최초의 대학을 만들었듯이, 아리스토텔레스도 플라톤처럼 깨어 있는 시민들의 조직된 힘은 고등교육기관이라고 생각했다. 그래서 아테네에 '리케이온 Lykeion'이라는 대학교를 만들었다.

스승 플라톤이 보이지 않는 세계에 관심이 있었다면, 제자 아리스토텔레스는 스승과는 달리 보이는 세계에 관심이 있었다. 그래서 아리스토텔레스는 철학을 바탕으로 정치학 · 윤리학 · 물리

▲ Photo from:
https://post.naver.com/viewer/postView. nhn?
volumeNo=12826437&memberNo=2301197

▶ Photo by 윤영석

학 · 천문학 · 기상학 · 심리학 · 박물학 · 생물학 등에 대한 150여 편의 책을 저술하였다.

마케도니아의 어린 왕세자 알렉산더는 아리스토텔레스의 제자였는데, 어느 날 수업 중에 스승 아리스토텔레스에게 물었다.

알렉산더 : "스승님, 수학(기하학)을 배우는 쉬운 방법은 없나요? 너무 어렵습니다!!"
아리스토텔레스 : "왕자님, 수학(기하학)에 왕도는 없습니다!! (There is no royal road to geometry!!)"

아리스토텔레스, 그는 인류의 위대한 스승이자 깨어 있는 시민이었다.

민율의 사색노트 (4)
〈순례 2년, 2018. 7. 13. 금요일〉

▲Photo by 송민준

05. 알렉산더 대왕, 그 또한 깨시민이었다

마케도니아의 왕세자였던 알렉산더(Alexandros the Great, BC 356~BC 323)는 아리스토텔레스의 제자였다. 그는 스승 아리스토텔레스로부터 보편성에 대해 배웠으며, 0의 마음으로 세상에 대해 묻고 사유하는 길로 들어섰다. 그리고 그렇게 깨시국(효市國, Caetiland)의 시민이 되었다.

알렉산더, 그가 꿈꾸었던 '전쟁 없는 보편적 세상, 다양한 문화가 존중받는 아름다운 세상'은 하나의 국가(세상)를 만드는 것이었다. 그래서 그는 세상으로 나아가 하나의 국가를 만들려고 노력하였고, 10여 년 만에 대제국을 이루었다.

알렉산더 대제, 그는 뒤에서 명령을 내리고 전투를 지켜보는 황제가 아니었다. 그는 자신의 명령과 동시에 그 역시 직접 전장에 뛰어들어 병사들과 함께 싸운 용맹스런 왕이었다.

알렉산더 대제는 자신의 이름을 딴 신도시 알렉산드리아를 여러 곳에 세웠는데, 그중 가장 유명한 곳이 이집트의 알렉산드리아이다.

이집트의 알렉산드리아는 BC 331년에 알렉산더 대왕이 나일 삼각주 북서쪽에 있는 라코티스라는 작은 이집트 마을을 없애고 그 자리에 세운 신도시였다.

철학자 소크라테스가 정치적 외압으로 인해 독배를 마시고 작고하자, 그의 제자 플라톤은 정치적 꿈을 접고 철학의 길로 들어서서, 철학자가 왕이 되어 다스리거나 철학을 배운 왕이 다스리는 나라를 꿈꾸었다.

이러한 플라톤이 꿈꾸었던 이상적인 나라는, 그의 철학적 증손자였던 알렉산더에 의해 이루어졌다.

알렉산더가 생존해 있던 기간, 그의 스승 아리스토텔레스는 제자 알렉산더의 도움으로 인해, 그가 만든 대학교 리케이온을 플라톤이 만든 대학교 아카데메이아보다 더 좋은 대학교로 끌어올릴 수 있었다.

알렉산더 대제와 관련된 재미있는 이야기가 여럿 전해져 내려오는데, 그중 하나는 고르디아스의 매듭이다.

그리스 신화에 의하면, 무엇이든 손으로 만지기만 하면 모든 것이 금으로 변하는 재주를 가진 마이더스Midas 왕이 있었는데, 왕위를 물려받기 전, 그의 아버지는 고르디아스였다.

고르디아스는 우연히 프리기아의 왕이 되었고, 왕이 된 기념으로 자기가 타고 온 수레를 신전에 바치면서, 그 수레를 산수유 껍

질로 단단히 묶어 놓고 "이 매듭을 푸는 자가 소아시아의 지배자가 될 것이다."라는 예언을 남겼다.

후일, 페르시아를 정복한 알렉산더는 프리기아로 갔는데, 거기서 고르디아스의 매듭에 대한 이야기를 듣고, 칼로 내리쳐 고르디아스의 매듭을 풀었다. 그리고 소아시아를 모두 차지하였다.

알렉산더가 그리스에서부터 인도의 갠지즈강까지 아우르는 큰 나라를 만들면서, 인종 차별을 하지 않고 각 문화를 존중한 것으로부터 헬레니즘 문화가 나왔다.

다양한 문화가 섞여 만들어진 헬레니즘 문화 안에서, 불교의 부처에는 알렉산더의 모습이 들어가게 되었고, 경주 불국사의 석굴암 부처에도 알렉산더가 스며들게 되었다.

민율의 사색노트 (5)
〈노노 9년, 2018. 8. 18. 토요일〉

▶ Photo by 표윤숙

△알렉산더

△붓다(부처)

제**7**장

노무현 순례길
구간 이름

▲Photo by 정혜정

노무현 순례길, 구간 이름과 마디

노무현 순례길에는 총 22개의 구간이 있는데, 구간을 다시 다섯 개의 구간으로 묶어 마디라고 한다. 그렇게 하면, 5개의 마디가 만들어진다. 마디의 시작은 1) 광화문 2) 두정역 3) 옥천역 4) 연화역 5) 삼랑진역이다. 마디의 앞글자를 모으면, '광두 옥연 삼'이 된다.[45]

노무현 순례길 제2기에 참가해 보니, 내가 참가한 구간뿐만 아니라 전 구간의 시작을 알고 있는 것이, 사진이나 후기를 볼 때, 뒤풀이에서 다른 참가자와 대화를 나눌 때 큰 도움이 되었다.[46]

▶Photo by 윤치호

---

45) 노무현 순례길 행사의 성공적 진행을 위해서는 기대장, 마대장, 구대장이 협력하여야 한다. 기대장은 제3기 행사를 총괄하는 사람으로 2~3명의 공동 기대장이 있을 수 있다. 마대장은 다섯 개의 구간을 묶어 관리하는 사람이다. 구대장은 각 구간을 책임지는 사람이다. 위 기대장, 마대자, 구대장을 줄여 기대, 마대, 구대라고 할 수도 있는데, 이는 대학교의 과대표를 줄여 과대라고 하는 것과 같다.
46) 1마디부터 5마디까지 다 준비하고 있었는데, 어찌하다 보니 깨시국에는 2마디까지만 올리게 되었다. 하지만 이 책에서는 3마디, 4마디, 5마디까지 모두 올라와 있다.

쉽고 재미있는 다른 방법이 깨시국에 올라오기를 기대하며 많이 부족하나마 책에 포함하였다. 각 구간에 있는 그림은 노무현 순례길 제2기에 사용한 홍보 그림이다.

◀Photo by 윤치호

▲Photo by 박근환

01. 이상한 나라의 순례자들 편

이상한 나라에 이상한 순례자들이 모여들었다.
구구단처럼 마법의 주문呪文을 외우며
서로 인사를 나누었다.

"구~간을 외자!! 구~간을 외자~"
"구~간을 외자!! 구~간을 외자~"

1 광화문	4 병점역	
2 영등포역	5 지제역	
3 금정역		

그런 다음
다섯 순례자가 둘러 앉아 화투를 치기 시작했다.

1번이 1광, 솔을 내고, **광화문**으로 간다고 하자,

2번은 그건 **영** 아니라며, **영등포역**으로 떠났다.

3번은 많이 땄다며 3개의 **금덩이**를 들고,
금이 정말로 많은 **금정역**으로 갔다.

4번은 3번 때문에 배가 아파 **병**이 났다며,
병점역에 있는 무속인에게 **병점**病占을 보러갔다.

5번은 지금 상황은 **지체**할 수 없는 상황이라며,
나무가지를 들고 **지제역**으로 떠났다.

02. 이상한 나라의 정치인들 편

이상한 나라에, 이상한 정치인들이 모여들었다.

구구단처럼 마법의 주문呪文을 외우며
서로 인사를 나누었다.

"구~간을 외자!! 구~간을 외자~"
"구~간을 외자!! 구~간을 외자~"

10번
대전역

		7 전의역
		8 조치원역
	6 두정역	9 신탄진역

그런 다음

몇 개의 그룹으로 나뉘어 토론을 했는데…

6번~10번 정치인은 '정치와 전쟁'에 대해
토론을 하게 되었다.

그러던 도중 갑자기

6번 정치인이 "6.25 전쟁은
김일성의 두통 때문에 일어났다."고
육갑을 떨며, **투정**을 부리기 시작했다.

이를 지켜보던

7번 정치인은 칠칠하지 못해 전의를 상실했고

8번 정치인은 팔팔 뛰며 긴급 **조치**를 취하지 않으면,
조치원으로 가겠다고 했다.

9번 정치인은 구두에 불이 났다며
탄 신발은 행운을 의미하니까
신탄진이나 **탄자니아**로 간다고 했다.

10번 정치인은 십자가 성호를 그리며,
옥상에 올라가 크게

'**대전발** 10시 50분'을 불렀다.

이렇게 하여

이상한 나라의 정치인들은
두 번째, 다섯 구간의 이름을 '정치와 전쟁'을
주제로 토론하다 모두 암기하였다.

〈노노 9년, 2018. 8. 6. 월요일〉

노무현 순례길
깨어있는 시민들의 릴레이 국토대장정
'봉하 가는 길' | 2018년 5월 8일 오전 9시 조치원역

8 조치원 — 내판 — 부강 — 매포 — 신탄진 — 25.Km

노무현 순례길
깨어있는 시민들의 릴레이 국토대장정
'봉하 가는 길' | 2018년 5월 9일 오전 9시 신탄진역

9 신탄진 — 회덕 — 대전 조차장 — 대전

노무현 순례길
깨어있는 시민들의 릴레이 국토대장정
'봉하 가는 길' | 2018년 5월 10일 오전 9시 대전역

10 대전 — 세천 — 옥천 — 21.7km

▲ Photo by 이혜진

03. 이상한 나라의 부자들 편

이상한 나라에, 이상한 부자들이 모여들었다.

구구단처럼 마법의 주문呪文을 외우며
서로 인사를 나누었다.

"구~간을 외자!!" "구~간을 외자~"
"구~간을 외자!!" "구~간을 외자~"

11 옥천역	14 김천역	
12 심천역	15 구미역	
13 황간역		

그런 다음

11번부터 15번까지의 부자들이 은밀히 이야기를 나누었다.

11번은 남몰래 **옥천**에서 옥을 11개 캐어 부자가 된 후,
깨방정당에 들어갈 수 있었다고 자랑스러워했다.

12번은 하는 일마다 시비(12)가 생긴다며,
마음을 정리하고 **심천**에 있는 **심허** 대선사를 찾아가,
천상천하 유아독존에 대해 물어보겠다고 했다.

13번은 13일의 금요일에
황도를 팔면 **간**단하게 부자가 될 수 있다고,
황당하지 않은 **황간**한 이야기를 했다.

그러자
14번은 14일 동안 **김천**에서 김을 팔아
매일매일 **천**만 원을 벌었다고 너스레를 떨었다.

15번은 **구미**가 당긴다며,
13번 부자와 14번 부자에게 사이좋게 지내자고 했다.

▲Photo by 윤치호

▲Photo by 양승훈

▲Photo by 김기경

04. 이상한 나라의 요리사들 편

이상한 나라에 이상한 요리사들이 모여들었다.

구구단처럼 마법의 주문呪文을 외우며
서로 인사를 나누었다.

"구~간을 외자!! 구~간을 외자~"
"구~간을 외자!! 구~간을 외자~"

20
밀양역

		17 대구역
		18 경산역
	16 연화역	19 청도역

그런 다음

16번~20번 요리사가 소소한 이야기를 나누었다.

16번 요리사는 자신이 본 영화 중 최고의 영화는
 16번을 본 화양**연화**라고 했다.

17번 요리사는,
 깨어있는 시민들의 국토대장정
 제2기 17구간의 순례자들과 신혼부부가
 자기 식당에서 **대구**탕을 먹었다고 자랑했다.

18번 요리사는,
 경산 갓바위에 올라가
 3천배를 18번 올리고 요리를 잘하게 되었다고 했다.

19번 요리사는,
 19번 국도를 지나다 우연히 '**청도** 소싸움' 을 보고
 19번만에 **청도**요리를 완성했다고 기뻐했다.

20번 요리사는,
 자기가 가장 존경하는 인물은 영화 『암살』에 나왔던
 밀양사람 김원봉이라고 했다.

▲Photo from 위키백과

▲그림 출처: 영화 『암살』 에서의 밀양사람 김원봉
https://movie.naver.com/movie/bi/mi/photoView.nhn?
code=121048&imageNid=6466703#tab

▲Photo by 윤성복

05. 이상한 나라의 역사학자들 편

이상한 나라에 이상한 역사학자들이 모여들었다.

구구단처럼 마법의 주문呪文을 외우며
서로 인사를 나누었다.

"구~간을 외자!! 구~간을 외자~"
"구~간을 외자!! 구~간을 외자~"

21 삼랑진역		
22 진영역		

그런 다음

21번 역사학자와 22번 역사학자가 이야기를 나누었다.

21번 역사학자가 말했다.

"강화도 마니산에는 삼랑성이 있고, 깨시국 국토대장정 21번 구간은 삼랑진입니다."

그러자

22번 역사학자가 말했다.

"아~, 노무현 순례길을 알고 계시군요. 노무현 순례길 제22 구간의 시작은 진영역인데, 그곳에 모인 사람만큼 노무현의 진영이 된다고 합니다. 2019년의 노무현 진영은 과연 얼마나 될지 무척 궁금합니다."

그런 다음

그 두 역사학자는 봉하에 들러 참배하고 봉하막걸리를 마신 후 헤어졌다.

▲Photo by 김춘영

▲Photo by 윤치호

제8장

못 다한 이야기

▲Photo by 강성진

01. 아랫마을 칠복이 님의 글에 대한 댓글

허! 허! 우리 윗마을 최진사 셋째딸은 아직도 시집 안 갔는데…

칠복이 순례자님 반갑습니다. 다산 정약용을 유배 보낸 당대의 살아 있던 권력들을 우리는 대다수 모릅니다.

> 세상에는 사람들의 입에 오르내리는 것보다 나쁜 것이 딱 하나있다.
> 그것은 바로 사람들의 입에 오르내리지 않는 것이다. -오스카 와일드

즉, 잊혀지는 것이 가장 무서운 것입니다. 조선 팔도에 만석지기 부자들이 500년 동안 있었다고 하더라도 우리는 대부분 모릅니다.

공자가 우리 머릿속에 살아있듯이 칠복이 순례자님처럼 노무현 강독회를 하고, 노무현 순례길을 걸으며 끊임없이 이어가는 것이 가장 중요한 거 같습니다. 공자, 예수님이 돌아가시고 오늘날까지도 그분들이 잊혀지지 않는 이유는 그 시대를 담아내려는 새로운 해석이 있었기 때문입니다.

공자의 이야기를 가장 근접하게 전한 분이 순자이고, 공자로부터 좀 멀리갔으나 그 시대에 맞게 새로운 해석을 한 사람이 맹자입니다.

하지만 공자의 색채가 더 강했던 순자보다 그 시대에 맞게 해석한 맹자가 공자를 계승하게 되고, 주자가 계승하게 되었습니다.

　좀 길어졌네요. 우리는 노무현 시대로 돌아갈 수 없습니다. 같은 강물에 두 번 발을 담글 수 없기 때문이죠. 그래서 이 시대에 맞는 노무현에 대한 고민을 해야 합니다.

　더 중요한 것은 매년 노무현 순례길을 통해, 다른 순례자들을 만나고 우리를 성찰하는 시간을 갖는 것입니다. 그리고 이제 노무현 순례길은 노무현 소풍길이 되어야 합니다. 슬픔을 이겨내고 마음속 누군가를 만나는, 즐겁고 행복한 시간으로 거듭 태어나야 합니다.

　그래서 내년에는 "노무현 순례길, 소풍 가는 길"이 되었으면 좋겠습니다. 사실 우리 어려서 봄 · 가을 소풍 간 곳의 상당수가 유명한 사람의 묘, 왕릉, 경주 고분, 칠백의총, 현충사 등이었습니다. 소풍 가는 길이 전혀 어색하지 않습니다.

　즐겁고 행복한 순례길이 되시길 빌며 줄입니다.

　윗마을 최진사가…

〈순례 2년, 2018. 5. 21. 월요일〉

02. 엉겅퀴 님의 글에 대한 댓글

일상으로 돌아가 조용히 살고 싶었는데, 정수미 순례자님의 좋은 글에 댓글 없는 것이 가슴 아파, 저라도 그 허전함을 조금이나마 메워 드리려고 몇 자 적습니다.

그렇습니다. 곧 지방선거가 있습니다. 유권자의 한 표를 구걸하기 위해 출마자들은 여기서 굽신 저기서 굽신, 그 지역의 머슴이 되겠다고 서로 난리입니다.

그런데 막상 당선이 되면 어떻습니까? 자기를 뽑아준 시민들 위에 올라서서 군림하거나 시민들의 의지와 무관하게 일을 진행하죠!! 이것을 '대리인 문제(代理人 問題, Agency Problem)' 또는 '대리인의 딜레마' 라고 합니다.

이것을 정수미 순례자님은 '노동조합과 나' 라는 문제 속에서 고민하시고 글을 쓰셨더군요.

그 사람됨의 바탕이 '사지도의(社指道義)' 하는 사람이라면 크게 문제가 되지 않지만, 그렇지 않을 때 대리인 문제는 언제든 발생할 수 있습니다. 사회 지도층으로서의 도덕적 의무를 줄여 사지도의(社指道義)라고 하는데, 프랑스말로는 노블레스 오블레주Nobless

---

47) 『조선 4대 전쟁과 의천검』 민서희 지음, 서울 2012, 도서출판 생소사. 125~128쪽.

Oblige라고 합니다.[47]

　대리인 문제가 발생했을 경우 정수미 순례자님은 '우리 뒤에 숨은 나'가 되는 것에 대해 안타까워하고 있습니다. 대부분 노무현 대통령님 어머니처럼 "모난 돌이 정 맞는다."고 하면서 침묵하곤 합니다.

　깨어 있는 시민들의 나라인 깨시국(覺市國)에서는 아직 대리인 문제가 발생하고 있지 않습니다. 정말 대장과 운영자들이 솔선수범하고 있고, 아니 더 고생을 하고 있다고 봐야죠. 참 고마운 일입니다.

　깨시국(覺市國)이라는 우리 마음 속의 나라, 깨어 있는 사람들의 나라에서는 '우리 뒤에 숨은 나'가 아닌 '내 앞에 선 우리'가 되어 아름다운 세상을 만들어 나갔으면 합니다.

　노무현 순례길 22구간에 참가하셨으니, 이제 우리는 한 가족이 되었다고 생각합니다. 반갑습니다. 두 팔 벌려 환영합니다. 앞으로 좋은 글 자주 올려주시면 감사하겠습니다.

　정수미 순례자님께 경의를 표합니다.
당신은 깨시국의 깨어 있는 시민입니다.

〈순례 2년, 2018. 5. 24. 목요일〉

03. 민율의 돌발 퀴즈

가장 먼저 정답을 맞히는 분께는
제가 쓴 책 한 권을 드리겠습니다.

답은 노무현 순례길, 제2기 17구간 안에 있습니다.

순례길을 뒤돌아보는, 사실을 바탕으로 한
넌센스 퀴즈라고 보시면 됩니다. 두-둥!

--- 돌/발 퀴/즈 ---

노무현 순례길은 서울 광화문에서
경남 봉하까지, 22구간으로 나누어

매년 5월 1일 부터 5월 22일까지 진행되는데
구간 순서와 날짜가 같다고 한다.

깨시국 순례 2년, 5월 17일
17구간은 17명의 순례자가 참가하는
기적같은 일이 벌어졌다.

그래서!!

그 17명의 순례자들은 이를 기념하기 위해 17구간을
17 순례자길(17 巡禮者길, The 17 pilgrims way)
이라고 부르기로 했다.

그런데!!

길을 걷던 순례자들은 17명 중 2명이 결혼식을 마치고
신혼여행 코스로 노무현 순례길을 선택한 것을 알고,
소스라치게 놀라며 신혼부부에게 경의를 표했다.

그리고!!

그 신혼부부의 신혼여행을 기념하기 위해
17구간을 신혼길(新婚길, The honeymoon way)이라고
부르기로 했다.

게다가!!

이것으로는 좀 부족하다며
15명의 순례자들이 2명의 신혼부부에게
평생 잊지 못할 음식을 만들어 주었다고 하는데

이 음식의 이름은?

민율의 돌발 퀴즈
〈순례 2년, 2018. 6. 8. 금요일〉

◀▲Photo by 윤치호

▶답은 '대구탕'이다. 17구간이 대구역에서 출발하기 때문에 이를 기억해 주었으면 하고 내 본 문제이다. 문제를 맞힌 분이 있었고, 정답자에게는 약속대로 저자의 책을 보내 주었다. 윗글에서 대구탕이라는 음식 외에는 모두 사실이다. 5월 17일, 17구간에, 17 순례자가 참가했으며, 그들 중 2명은 신혼여행 중인 신혼부부였다.

04. 노회찬 현상은 의미있는 것인가?

노회찬 의원이 작고한 이후, 7만 명 넘는 사람들이 문상(조문)을 다녀왔는데, 일각에서는 이를 '노회찬 현상' 이라고 부르고 있다.

본 글에서는 노회찬 현상이 유의미한지 살펴보기 위해, '노회찬 정신' 을 노무현과 노무현 사단의 몇몇 분들과 함께 구글에서 검색하여, 비교해 보려고 한다.

구글 검색 시, '송영길 정신차려' 라는 글 등도 '송영길 정신' 으로 검색하면 나오기 때문에, 모두 똑같이 무시(포함)하였다.(2018. 7. 27. 기준)

◇ 노회찬 정신 : 27,800회

위 '노회찬 정신' 은 노회찬 의원이 작고하기 전부터 사용하였던 용어가 아니라, 작고 이후 정의당을 중심으로 사용하기 시작하였음을 알게 되었다. 하지만 그렇다고 하여 노회찬 정신의 가치가 떨어지는 것은 아니다.

사후死後 어떤 분의 정신이 연구되어 더욱 발전했던 역사를 우리는 많이 보아왔으니 말이다.

◎ 노무현 정신 : 197,000회

◎ 김두관 정신 : 9회

◎ 김진표 정신 : 257회

◎ 송영길 정신 : 192회

◎ 이해찬 정신 : 269회

위 검색 결과를 보면, 분명 '노회찬 현상'은 허수虛數가 아니라 의미있는 실수實數라는 것을 알 수 있다.

요지는 노회찬 현상이 일시적으로 끝날 것인지 아니면 죽 이어져 내려갈 것인지의 여부인데, 이는 다분히 누구인지는 모르겠으나, 노회찬 정신을 계승할 또는 계승하려는 분들의 몫이 될 것이다.

어떤 분이 작고作故하였다고 하여 그분의 정신이 갑자기 높아지는 것은 아니다. 예를 들어 김대중, 김영삼 두 전직 대통령은 노무현 대통령 서거 이후 돌아가셨지만, 노회찬 의원보다 김대중 정신이나 김영삼 정신이 오늘날까지 더 크게 활성화되지 못 하고 있음을, 아래 자료를 통해 확인할 수 있다.

◎ 김영삼 정신 : 125회

◎ 김대중 정신 : 18,000회

◎ 노무현 정신 : 197,000회

◇ 노회찬 정신 : 27,800회

노무현 정신 197,000회를 노회찬 정신 27,800회로 나누면 7배가 된다. 이것을 노무현이라는 이름과 노회찬이라는 이름만으로 비교하기 위해 구글에서, 2004. 1. 1~2017. 7. 27까지 검색하여 아래 그림과 같은 자료를 얻었다.

위 그림은 노회찬, 홍준표, 노무현, 문재인 이라는 이름으로만 검색한 것이다. 위 그림을 단순화하여 수치로 나타낸 것이 아래 값이다.

노회찬, 홍준표, 노무현, 문재인

   1   1   7   5

즉, 2004년 1월 1일부터 2018년 7월 27일까지를 구글에서 빅데이터로 검색해 보면, 노회찬을 1로 했을 때, 홍준표 1, 노무현 7배, 문재인 5배라는 것을 알 수 있다.

위 구글 검색을 결과적 측면에서 보면

노무현 정신 : 노회찬 정신 = 7 : 1 이고,
노무현 : 노회찬 = 7 : 1 임을 알 수 있다.

이를 정치공학적 시각이 아닌 데이터 과학적 시각으로 이야기
한다면,

홍준표가 대통령이 되었다면
노회찬도 대통령이 될 수 있었고,

노회찬보다 5배 정도 검색이 되는 사람이 혹 있었다면
문재인이 아니더라도, 그가 대통령이 되었을 것이다!!

〈순례 2년, 2018. 7. 28. 토요일〉

▲Photo by 윤성복

05. 노무현 정신, 다시 생각하기

1) 노무현 정신은 정말 실체가 있는 것인가?

노무현 정신이 정말 실체가 있는지 알아보기 위해, 역대 대통령의 이름 뒤에 '정신'을 넣어 구글에서 검색하였다.

검색 시 '이승만 정신차려'라는 글 등도 '이승만 정신'으로 검색이 되기에, 모두 똑같이 무시(포함)하였다.(2018. 7. 27. 기준)

혹자는 인터넷 등 온라인이 없었던 시대의 분들이 불리하다고 생각할 수 있으나, 구글이 한글 검색 서비스를 실시한 이후, 같은 조건에서 만들어진 자료data라는 점을 염두에 둔다면 크게 문제가 되지 않을 것이다.

같은 조건, 같은 기간에 아래와 같은 상대적인 결과가 나왔다는 것을 상기할 필요가 있다. 즉 같은 조건, 같은 기간 안에서, 네티즌들의 관심과 행동이 아래와 같았다는 것에 의미를 두어야 할 것이다.

◎ 이승만 정신 : 1,760회
◎ 박정희 정신 : 5,760회
◎ 전두환 정신 : 1,380회

◎ 노태우 정신 : 52회

◎ 김영삼 정신 : 125회

◎ 김대중 정신 : 18,000회

◎ 노무현 정신 : 197,000회

◎ 문재인 정신 : 6,190회

위 자료에서 보듯, 김대중 대통령과 김영삼 대통령은 노무현 대통령 서거 이후 돌아가셨지만, '김영삼 정신'을 고민하는 분들이 많지 않음을 알 수 있고, '김대중 정신'은 노무현 정신 대비 10분의 1 정도의 수준에서 이야기하고 있음을 알 수 있다.

또한 위 자료에서, 1만 회를 기준으로 정하면 김대중 정신과 노무현 정신이 경합할 수 있으나, 2만 회를 기준으로 정하면 '노무현 정신'만 남게 된다.

위 검색 결과를 통해 알 수 있듯이,

국민들 머리와 가슴 속에는 '노무현 정신'이 '다른 대통령들의 정신'과는 확연히 다른 형태로, 1등이라는 위치에 자리잡고 있음을 알 수 있다.

따라서 노무현 정신은 정말 자신있게 '그 실체가 있다'고 말할 수 있다!!

2) 노무현이즘Rohmoohyunizm

노무현 정신은 노무현이즘Rohmoohyunizm이라고 할 수 있으며, 이를 간단히 노이즘Rohizm, 현이즘Hyunizm 또는 RMHzm이라고 할 수 있을 것이다.

2018년 7월 27일 기준, 구글에서 노무현 정신을 검색해 봤더니 다음과 같은 결과가 나왔다.

☆ 노무현이즘 : 185회
☆ 노무혀니즘 : 262회
☆ Rohmoohyunizm : 0회

위에서 보았듯이, 노무현 정신이라는 말이 아직 영어로는 활성화되어 있지 않다는 것을 알 수 있다. 이것은 노노시대, 즉 노무현 없는 노무현 시대의 또 다른 과제가 될 것이다.

〈순례 2년, 2018. 7. 28. 토요일〉

06. 위대한 전진을 꿈꾸며

철학자 소크라테스가 나와서 줄곧 자기 이야기만 하던 시기가 있었다. 소크라테스의 사상만이 있던 시기이다. 이를 시각화한 것이 아래 그림이다.

소크라테스 사상

소크라테스가 작고한 이후 플라톤을 비롯한 많은 훌륭한 제자들이 자기들 스스로의 사상을 이야기하기 시작하였고, 이것이 모여 어느 순간 소크라테스 사상의 값과 같아지는 사건이 일어났다. 이를 **위대한 전진**(The great advance)이라고 한다.[48]

48) 위대한 전진을 아래와 같이, 수식으로 나타낼 수 있다. 아래 식에서 T는 스승을, Σ 는 분리량의 합을, k는 제자를, n은 모든 제자의 수를, ak는 일반항을, t는 사상을 의미한다. 단, T 오른쪽 아래의 1은 생략할 수 있다.

$$T_1^t = \sum_{k=1}^{n} a_k^t$$
$$= \sum_{k=1}^{n} k^t$$

제자들 사상의 총합이 그 스승의 사상의 합과 같아지는 순간을
위대한 전진이라고 하는데, 이를 시각화한 것이 다음 그림이다.
아래 그림은 마치 몬드리안의 그림을 보는 듯하다. 그래서 '위대
한 전진'을 달리 **몬드리안 단계**(The Mondrian phase)라고 한다.

위대한 전진 이후, 어떤 한 제자의 사상이 그 스승의 사상을 모
두 뒤덮는 사건이 일어나면 이를 **위대한 폭발**(The great explosion)이
라고 하는데, 동양에서는 이를 청출어람이라고 한다.[49]

소크라테스가 영면한 이후 그의 제자 플라톤이 위대한 폭발을
일으켜서 스승의 은혜에 크게 보답하였다.

아래 그림은 처음 색깔은 보이지 않고 뒤덮고 있는 다른 색깔
만 보이는 청출어람을 단순하게 시각화한 것이다. 그래서 '위대
한 폭발'을 달리 **'CCEL 단계**(The CCEL phase)라고 한다.[50]

---

49) 위대한 폭발을 아래와 같이, 수식으로 나타낼 수 있다. 아래 식에서 T는 스승을, S
는 제자를, t는 사상을, 1은 한 명을 의미한다. 단 T 오른쪽 아래의 1은 생략되었다.

$$T^t = S_1^t$$

플라톤 사상

위대한 전진을 지나 위대한 폭발로 진행되면 그야말로 축복이 되는 것이고, 역사가 발전하는 것이다. 무척 이상적인 흐름이 만들어지는 것이다.

아래에서는 위 내용을 빌려와 정치에 적용해 보기로 한다.

노무현 정신의 구글 검색점수는 2018년 7월 27일 현재 197,000이다.

◎ 노무현 정신 : 197,000회

이제 노무현 정신을 계승한다는 분들의 검색점수를 모두 합하여 '노무현 정신'의 검색점수와 같거나 넘어서면 위대한 전진(몬드리안 단계)이 이루어지는 것이다.

아래 자료는 계승자 이름순으로 정리하였으며, "이재명 정신"으

---

50) CCEL은 청출어람(Cheong Chul Eo Lam)의 머리글자이다.

로 검색할 때 나오는 '이재명 정신차려' 등의 말도 거르지 않았다. 그 이유는 굳이 이를 거르지 않아도 될 결과가 나왔기 때문이다.

◎ 김두관 정신 : 9회

◎ 김병준 정신 : 63회

◎ 김부겸 정신 : 54회

◎ 김진표 정신 : 257회

◎ 문재인 정신 : 6,190회

◎ 박원순 정신 : 332회

◎ 송영길 정신 : 192회

◎ 안희정 정신 : 376회

◎ 오거돈 정신 : 9회

◎ 유시민 정신 : 212회

◎ 이재명 정신 : 1,850회

◎ 이해찬 정신 : 269회

◎ 정청래 정신 : 163회

이상의 데이터를 통해 알 수 있듯이, 노무현 정신의 계승에서는 위대한 전진(몬드리안 단계)에 크게 못 미치고 있음을 알 수 있다.

그 이유는 아마도 노무현 정신을 연구하지 않고 필요할 때마다 한 번씩 "대장님!! 대장님이 그려셨죠, 어쩌구 저쩌구 ~~" 이렇게 한 다음 또 시일이 지나면 노무현 정신은 잊혀지고 노무현 정신을 연구하지 않으니 계승자 각자의 정신이 나오지 않는 것이 아닌가 하는 생각이 든다.

즉, 노무현 정신을 연구하고 그것을 내
것으로 만들어야 하는데 그러지 못하고
있다는 것이다. 위 숫자를 좀 심하게 이
야기하면 계승자 각자의 **정신값**이 그 계승자가 노무현 정신을
계승한 값 즉 **계승값**이 된다고 할 수도 있다.

위 명단이 정말 노무현 정신의 계승자냐 아니냐 하는 문제는,
위에서 필자가 이야기하려는 위대한 전진이나 위대한 폭발과는
별개로 따로 논의되어야 할 사안이다. 본 글에서 방점을 두는 부
분은, 위와 같이 좀 넉넉하게 넣었음에도 불구하고 위대한 전진
을 아직 이루지 못했다는 것에 대한 자각이다.

〈순례 2년, 2018. 7. 30. 월요일〉

▲Photo by 양승훈

07. 노무현 정신, 가다듬어 보기

아래 그림에서,

P는 진보 정신을 모두 담고 있는 사각형이고,

Q는 노무현 정신을 모두 담고 있는 사각형이다.

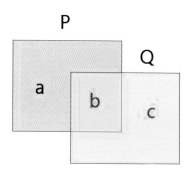

위 그림에서

P = a + b 이고,

Q = b + c 이다.

위 그림에서 b의 내용은 아래와 같다.

1) 여성 4) 인권 7) 기타

2) 생명 5) 노동

3) 환경 6) 평화

b는 진보의 공통된 가치이기 때문에 정의당이나 진보 시민단체와도 겹치는 부분이 있어서, 많이 연구된 측면이 있다.

위 그림에서 c의 내용은 아래와 같다. c는 b와는 달리 연구가 덜된 거 같다.

1) 국역론(國役論, **국**가의 **역**할론)

2) 국참론(國參論, **국**민 **참**여 정치론)

3) 대타론(對妥論, **대**화와 **타**협론)

4) 도정론(道政論, **도**덕 **정**치론)

5) 명손론(名損論, **명**분있으면 **손**해 감수할 수 있다는 이론)

6) 반특론(反特論, **반**칙과 **특**권이 없는 세상 이론)

7) 복성론(福成論, **복**지 없이 **성**장 없다는 이론)

8) 부국론(富國論, **부**(잘사는)한 **국**민과 국가론)

9) 강병론(强兵論, **강**과 **병**으로 부국유지론)

10) 사세론(**사**람 사는 **세**상론)

11) 원소론(原所論, **원**칙과 **소**신론)

12) 정돌론(正突論, **정**면돌파론)

13) 정혁론(政革論, **정**치자금 **혁**명론)

14) 지타론(地他論, **지**역주의 **타**파론)

15) 희생론(犧牲論, **희**생 **정**신론)

16) 승부사론(勝負士論)

17) 대연정론(大聯政論)

18) 깨시민론(㲱市民論, **깨**어 있는 **시**민론)

19) 기타

위 그림에 대한 이해를 바탕으로 김병준 자유한국당 비상대책 위원장(이하 위원장)은 최근 문재인 정부를 노무현 좌파로 규정하고 김병준 본인을 노무현 우파로 선언한 바 있다.

　김병준 위원장이 이야기하는
　노무현 좌파는 b ± 베타(β)이고,
　노무현 우파는 c ± 감마(γ)이다.

김병준 위원장이 자기를 노무현 우파로 선언한 다음 문재인 정부를 '국가주의'로 몰고 가는 것은 노무현의 국역론(國役論, The role theory of the state) 즉 '국가의 역할론'에서 가져온 것이다.

노무현 전 대통령은 2009년 『진보의 미래』라는 책을 쓰다 매듭짓지 못하고 서거하였는데, 서거 후 '진보의 미래 발간위원회'가 정리하여 2009년 11월에 출간하였다. 당시 발간위원장은 이해찬이었고 39명의 발간위원이 있었는데 그 중에 한 명이 김병준이다.

『진보의 미래』 대부분은 '국역론國役論, 즉 국가는 어떤 역할을 통해 국민의 먹고사는 문제를 해결하여 국민을 행복하게 할 수 있는가?' 하는 것에 대한 담론談論이다.

2018년 8월 3일 현재, 구글에서 검색한 노무현 좌파와 노무현 우파는 아래와 같다.

노무현 좌파 : 13,300회
노무현 우파 : 539회

김병준이 꺼내든 '국가주의 논쟁'은 발표 이후 17일째 되는 2018년 8월 3일 금요일 현재, 대체적으로 성공했다는 평가를 받고 있다.

〈노노 9년, 2018. 8. 4. 토요일〉

▲Photo by 김춘영

▲Photo by 함도현

부록: R이란 무엇인가?

R이란 로버트 젠틀맨(Robert Gentleman, 1959~)과 로스 이하카(Ross Ihaka, 1954~)에 의해 시작된, 객체를 바탕으로 자료를 분석하는 사람과 컴퓨터 사이의 언어입니다.

먼저 문화와 자연 그리고 자료와 객체에 대해 이야기하고 시작하겠습니다.

문화란 사람이 하거나 만든 모든 것이고, 자연이란 문화가 아닌 모든 것입니다. 즉 사람이 하거나 만든 것을 빼면 자연이 됩니다.

자료(資料, data)란 문화와 자연 중 선택된 일부를 이르는 말입니다. 자료를 객체로 만들고 그 객체를 이용하여 통계나 그래픽 등을 이용하여 분석을 합니다.

객체(客體, object)란 처리할 수 있는 대상입니다. 컴퓨터가 처리할 수 있는 대상 즉 객체가 되기 위해서는 크게 세 가지 방법이 있습니다.
① 숫자여야 합니다. ② 문자여야 합니다. ③ 논리기호여야 합니다.

예를 들어 보겠습니다.

책상 위에 사과 5개가 있습니다. 우리 사람에게는 내가 아닌 다른 것 즉 객체입니다. 하지만 R에게는 무의미한 존재입니다. 의미가 있게 하려면, 즉 R에서의 객체가 되려면 첫째, '5'라고 숫자로 입력하든가 둘째, '사과 다섯 개'라고 문자로 입력하든가 셋째, 논리기호를 이용하여 'c(T, T, T, T, T)'라고 입력해야 합니다.

위에서 보았듯이 객체에는 숫자객체, 문자객체, 논리객체 이렇게 세 가지가 있습니다.

그런데 위에 있는 객체에는 이름이 없습니다. 이름 없는 객체인 것이지요. 이제 이름 있는 객체를 만들기 위해, 세 번째 논리객체에 a라는 이름을 붙여 보겠습니다.

a <- c(T, T, T, T, T) 이렇게 하면
"<- 뒤의 것을, a라고 이름 붙인 저장 공간에 넣는다."라는 의미가 됩니다.

이름을 붙이면 작업하기 편해집니다. 그래프를 그리는 plot( )에 a를 넣으면 plot(a)가 되는데, 이 plot(a)를 R에서 실행해 보면 아래와 같은 그림을 보여줍니다. R에서는 논리기호 T를 1로 처리합니다.

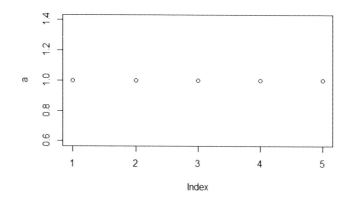

그리고 다음처럼 a라는 이름의 객체와 b라는 이름의 객체를 만들어 plot(a, b)라고 하면, 다음과 같은 그래프를 볼 수 있습니다. 그렇게 그리라고 미리 약속이 되어 있는 것이지요.

```
a <- c(1, 2, 3)
b <- c(1, 2, 3)
plot( a, b )
```

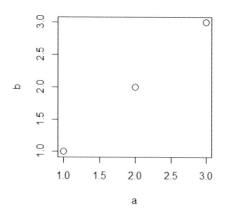

위와 같이 작업하는 것이 R입니다. R은 온라인에서 다운 받아 무료로 사용할 수 있습니다. 도움이 되었는지 모르겠습니다.

덧글: 송정화 님과 김춘영 님 그리고 이번에 제가 쓴 R에 대해 궁금해하시는 깨시민님들을 위해 글 올립니다.

〈순례 2년, 2018. 7. 14. 토요일〉

▲Photo by 윤영석

▲Photo by 윤치호

▲Photo by 정ㄹ

제**9**장

노무현 연보

▲Photo by 김진홍

◇ 노무현 연보 ◇

○ : 노무현과 그의 가족 이야기

◇ : 노무현 시대의 배경 이야기

♡ : 노무현 순례길 이야기

노전 41 (1901, 신축, 고종 38)

○ 노무현 아버지 노판석(盧判石, 76, 1901~1976) 태어나다. [1]

노전 22 (1924, 갑자, 임시정부 6)

◇ 1월 6일, 김대중(金大中, 86, 1924~2009) 태어나다.

노전 19 (1927, 정묘, 임시정부 9)

◇ 12월 20일, 김영삼(金泳三, 1927~2015) 태어나다.

노전 14 (1932, 임신, 임시정부 14)

○ 큰형 노영현(盧英賢, 1932~1973) 태어나다. [2]

노전 11 (1935, 을해, 임시정부 17)

◇ 6월 2일, 이회창(李會昌, 1935~) 태어나다.

---

1) 위키백과 https://ko.wikipedia.org
　이 책에서는, 노무현이 태어나기 이전 시대를 노전시대라고 하고, 노무현이 살았던
　시대 노생시대라고 하였으며, 노무현이 서거한 이후를 노노시대라고 하였다. 노노시
　대란 노무현이 없는 노무현 시대를 줄인 말이다.
2) 『운명이다』 노무현재단 엮음 경기 2010. 돌베개, 43쪽.

노전 7 (1939, 기묘, 임시정부 21)

○ 작은누나 노영옥(1939~) 태어나다. [3]

노전 5 (1941, 신사, 임시정부 23)

○ 둘째형 노건평(1941~) 태어나다. [4]

노전 3 (1943, 계미, 임시정부 25)

◇ 카이로 회담

노전 2 (1944, 갑신, 임시정부 26)

◇ 8월, 여운형(呂運亨, 1886~1947)이 조선 건국 동맹을 조직하다.

노전 1 (1945, 을유, 임시정부 27)

◇ 2월, 얄타 회담

◇ 7월, 포츠담 회담

◇ 8월 15일, 일본으로부터 광복을 맞이하다.

---

3) 『운명이다』 노무현재단 엮음 경기 2010. 돌베개, 44쪽.
4) 『운명이다』 노무현재단 엮음 경기 2010. 돌베개, 43쪽.

1세 (1946, 병술, 임시정부 28)

◇ 3월, 제1차 미소공동위원회가 열리다.

○ 9월 1일(음력 8월 6일), 경남 김해시 진영 읍내에서 10리쯤 떨어진, 봉화산과 자왕골을 등지고 있는 작은 마을 본산리에서 가난한 농부인 아버지 노판석(盧判石. 76, 1901~1976)과 어머니 이순례(李順禮, ~1998) 사이에서 3남 2녀 중 막내로 노무현이 태어나다.[5] 노무현이 태어날 때, 난산이어서 아침 무렵 읍내 남산병원장을 불러와서야 태어나게 되다.[6] 3남 2녀가 태어난 순서는 아래와 같다.

1. 노명자(女, 盧明子, 1928~2013)
2. 노영현(男, 盧英賢, 1932~1973)
3. 노영옥(女, 盧英玉, 1939~)
4. 노건평(男, 盧建平, 1941~)
5. 노무현(男, 盧武鉉, 1946~2009)

노무현의 본관은 광주로 '광주 노씨 광주파 32대손'이다. 외가는 진영읍 용성마을이고 외할아버지는 한의원을 운영했다.

어머니 이순례는 자식들에게 "순리대로 갈대처럼 살아야 한

---

5) 이 연보에 있는 1세, 2세 등은 나이가 아니라 생후 1년차, 2년차 등을 의미한다. 이는 집 나이와 겹치는 부분이 있다고 생각될 수 있지만, 집 나이를 의미하는 것이 아님을 밝힌다.
6) 노생 1기가 시작되다. 이 책에서는, 노무현이 살았던 시대를 노생시대라고 하고, 이를 다시 세분하여 정치입문 전까지를 노생 1기, 대통령 당선 전까지를 노생 2기, 서거까지를 노생 3기라고 하였다.

다", "모난 돌이 정 맞는다."고 줄곧 가르치다. ⁷⁾

2세 (1947, 정해, 임시정부 29)

○ 경남 마산시 진전면에서 권양숙(權良淑, 1947~)이 태어나다. ⁸⁾

◇ 4월, 제2차 미소공동위원회

◇ 7월, 여운형(呂運亨, 1886~1947) 피살되다.

3세 (1948, 무자, 임시정부 30, 이승만 1)

◇ 2월, UN, 남북한 동시 총선거를 결정하다.

◇ 4월 3일, '제주 4.3사건' 이 일어나다.

◇ 8월, 남한, 대한민국 정부를 수립하다.

◇ 9월, 북한, 조선민주주의인민공화국을 수립하다.

◇ 10월, '여수 순천 사건' 이 일어나다.

4세 (1949, 기축, 이승만 2)

5세 (1950, 경인, 이승만 3)

◇ 1월, 초등학교 의무교육을 시작하다.

◇ 5월, 제2대 국회의원 선거를 실시하다.

◇ 6월 25일, 한국전쟁이 발발하다.

---

7) 『노무현 내 마음의 대통령』 이재영 엮음 2002. 대청, 40쪽. (이 책 37~71쪽에 있는,
경향신문 이기수 기자가 쓴, 「인간 노무현 탐구」의 노무현 가족 나이는 들쭉날쭉 정
확하지 않다.)
『운명이다』 노무현재단 엮음 경기 2010. 돌베개, 43, 63, 65, 69, 358, 361쪽.
「노무현 상식, 혹은 희망」 노무현 외 지음 서울 2009. 행복한책읽기, 128~130쪽.
위키백과 https://ko.wikipedia.org
8) 『운명이다』 노무현재단 엮음 경기 2010. 돌베개, 59쪽.

○ 마을에서 좌익들이 죽창을 들고 다니며 노무현의 아버지 노판석에게도 함께하자고 다그치다. 하지만 노판석의 아내 이순례가 "파출소 가면 총·칼·법이 있는데 잡혀가면 죽는다"고 막아섰고 노판석은 산으로 피신했는데 나중에 좌익들은 총살당했고 노판석은 부인 이순례 때문에 무사하게 되다.[9]

◇ 10월 1일, 대구까지 밀렸던 국군이 북상하여 육군 제3사단이 처음으로 38선을 돌파하다.

6세 (1951, 신묘, 이승만 4)

◇ 1월 4일, 중공군의 개입으로 인해 후퇴하여 서울이 재함락되다.

◇ 3월, 다시 38선까지 진격하다.

◇ 7월, 휴전회담을 시작하다.

◇ 12월, 이승만이 중심이 되어 자유당을 창당하다.

7세 (1952, 임진, 이승만 5)

◇ 2월 2일, 박근혜(朴槿惠, 1952~) 태어나다.

◇ 5월, 부산에 계엄령을 선포하다.

◇ 제1차 개헌을 하다. 제1차 개헌을 발췌개헌이라고도 한다.

◇ 8월, 정·부통령 선거를 실시하여 이승만이 대통령에 당선되다.

◇ 11월 10일, 강금원 태어나다.[10]

---

9) 『노무현 내 마음의 대통령』 이재영 엮음 2002. 대청, 41쪽.
10) 「강금원이 누구길래, 김경수도 달려가고 송인배도 월급타고」 박태훈 기자. 〈세계일보〉 2018. 8. 14.

8세 (1953, 계사, 이승만 6)

○ 경남 김해시 진영 읍내에 있는 대창초등학교에 입학하다.
10리 길을 걸어온 아이들은 주로 학교 뒷문을 이용하고, 읍내 아
이들은 학교 앞문을 이용하다. 인근 마을에서 유일한 대학생(부
산대 법대)이었던 큰형 노영현은 어린 노무현의 자랑이고 우상이
되다.[11]

◇ 4월, 사상계를 간행하기 시작하다.

◇ 10월, 한미상호방위조약을 체결하다.

9세 (1954, 갑오, 이승만 7)

○ 초등학교 2학년이 되다.[12]

◇ 제3대 민의원 선거를 실시하여 자유당이 승리하다.

◇ 제2차 개헌을 하다. 일명 사사오입개헌이라 불리다.

10세 (1955, 을미, 이승만 8)

○ 초등학교 3학년이 되다. 권양숙이 초등학교에 입학하다.[13]

◇ 국사편찬위원회에서 『조선왕조실록』 간행을 실시하다.

11세 (1956, 병신, 이승만 9)

○ 초등학교 4학년이 되다.[14] 노무현이 반장을 하지 않겠다고

---

11) 『운명이다』 노무현재단 엮음 경기 2010. 돌베개, 46~47, 358쪽.
   『노무현 상식, 혹은 희망』 노무현 외 지음 서울 2009. 행복한책읽기, 138쪽.
12) 『운명이다』 노무현재단 엮음 경기 2010. 돌베개, 45~46, 358쪽.
13) 『운명이다』 노무현재단 엮음 경기 2010. 돌베개, 45~46, 59, 358쪽.
14) 『운명이다』 노무현재단 엮음 경기 2010. 돌베개, 45~46, 358쪽.

울고불고하다.[15)]

◇ 정 · 부통령 선거를 실시하여 이승만이 대통령이 되다.

◇ 10월 1일, 제1회 국군의 날 기념식을 거행하다.

◇ 11월, 조봉암을 중심으로 '진보당'이 창당되다.

12세 (1957, 정유, 이승만 10)

○ 초등학교 5학년이 되다.[16)]

◇ 『우리말 큰사전』을 완간하다.

13세 (1958, 무술, 이승만 11)

○ 초등학교 6학년이 되다. 담임 신종생 선생의 권유로 전교회장에 출마해 전교회장에 뽑히다.[17)] 한 번은 교내 붓글씨 대회에서 2등하다. 이때 부정한 방법을 쓴 학생이 1등한 사실을 알고 난 뒤 받았던 상을 반납하다.[18)]

◇ 제4대 민의원 선거를 실시하다.

◇ 12월, 신국가보안법을 개정하다.

14세 (1959, 기해, 이승만 12)

○ 2~3월, 경남 김해시 진영읍 대창초등학교를 졸업하고, 입학금이 없어 힘들게 진영중학교에 입학하다. 얼마 후 초등학교 5학년생이었던 권양숙이 할아버지와 어머니를 따라 봉하마을로 이

---

15) 『운명이다』 노무현재단 엮음 경기 2010. 돌베개, 46쪽.
16) 『운명이다』 노무현재단 엮음 경기 2010. 돌베개, 45~46, 358쪽.
17) 『운명이다』 노무현재단 엮음 경기 2010. 돌베개, 45~46, 358쪽.
18) 『노무현 상식, 혹은 희망』 노무현 외 지음 서울 2009. 행복한책읽기, 138쪽.

사오다.[19] 결과적으로 노무현은 권양숙의 아버지를 보지 못하다.[20]

◇ 7월, 조봉암이 사형되다.

15세 (1960, 경자, 이승만 13, 윤보선 1)

○ 2월, 이승만 대통령 생일기념 글짓기 행사에서 동급생들과 글 없이 백지를 내다. 이날 민주당 대통령 후보였던 조병옥 박사가 미국에서 돌아가셨다는 뉴스가 신문에 나다.[21]

◇ 3월 15일, 이승만과 조병옥이 대권에 출마한 가운데 3.15부정선거가 일어나다.

◇ 4월 19일, 4.19혁명이 일어나다. 이로 인해 이승만 대통령이 하야하다.

◇ 5월, 허정이 과도 정부를 수립하다.

◇ 제3차 개헌을 실시하여 내각책임제로 바꾸다.

◇ 8월, 장면 내각이 들어서다.

◇ 제5대 민참의원 총선거를 실시하다.

◇ 경무대를 청와대로 명칭을 변경하다.

16세 (1961, 신축, 윤보선 2)

○ 중학교 3학년이 되다. 권양숙이 부산에 있는 혜화여중에 입학하다.[22]

19) 『운명이다』 노무현재단 엮음 경기 2010. 돌베개 48, 59, 358쪽.
20) 『운명이다』 노무현재단 엮음 경기 2010. 돌베개 185쪽.
21) 『운명이다』 노무현재단 엮음 경기 2010. 돌베개 48~49, 358쪽.
22) 『운명이다』 노무현재단 엮음 경기 2010. 돌베개 48~49, 59쪽.

◇ 5월 16일, 박정희를 중심으로 5.16 군사쿠데타가 일어나다.

○ 이때 부일장학생 선발시험을 치러 부산에 가다. 부일장학회는 〈부산일보〉 사장 김지태가 만든 것이고, 부일장학회는 〈부산일보〉에서 운영하다.[2][3]

◇ 서울 TV방송국이 개국하다.

◇ 미성년자보호법이 제정되다.

17세 (1962, 임인, 윤보선 3, 박정희 권한대행 1)

○ 부일장학생으로 선발되다.[2][4]

◇ 해외이주법이 제정되다.

◇ '서기'를 공용연호로 사용하기 시작하다.

◇ 제5차 개헌을 하여 내각제를 대통령중심제로 바꾸다.

18세 (1963, 계묘, 박정희 권한대행 2)

○ 2월, 진영중학교를 졸업하고, 장학생에게 학비 전액을 지급하는 장학제도를 가지고 있던 부산상업고등학교(구한말 개성학교로 개교)에 장학금을 바라고 장학생으로 입학하다. 생각의 좌표도 삶의 좌표도 없이 한동안 방황하다. 친구들과 어울려 다니며 술·담배를 하고 결석도 자주하다. 이후 학교에 다니며 주산 2급, 부기 2급 자격증을 따다.[2][5]

◇ 제6대 국회의원 총선거를 실시하다.

23) 『운명이다』 노무현재단 엮음 경기 2010. 돌베개 49~50쪽.
24) 『운명이다』 노무현재단 엮음 경기 2010. 돌베개, 358쪽.
25) 『운명이다』 노무현재단 엮음 경기 2010. 돌베개, 53~54, 358쪽.
  『노무현 상식, 혹은 희망』 노무현 외 지음 서울 2009. 행복한책읽기, 28쪽.

19세 (1964, 갑진, 박정희 1)

○ 고등학교 2학년이 되다. 성적이 중간 정도로 떨어지다. 이때 두 형은 여전히 실업자 상태였다. 권양숙이 부산에 있는 계성여상에 입학하다.[26]

20세 (1965, 을사, 박정희 2)

○ 고등학교 3학년이 되다. 한 푼이라도 싼 곳을 찾아 하숙, 자취, 가정교사, 빈 공장 숙직실을 전전하다. 농협 입사시험에 떨어지다.[27]

◇ 베트남전쟁에 국군을 파병하다.

◇ 한일협정을 체결하다.

21세 (1966, 병오, 박정희 3)

○ 2월, 부산상고를 제53회로 졸업하고 학교에서 소개해 준 어망회사 '삼해공업'에 다른 졸업생 세 명과 함께 입사하다. 삼해공업에서 실습기간이라면서 받은 첫 월급이 한 달 하숙비도 안 되는 2,700원을 받다. 사장을 찾아가 모두 그만두겠다고 했더니 바로 4,000원으로 올려주다. 그 얄팍한 봉투를 보면서 '고시공부'를 시작해야겠다고 마음먹다. 한 달 반 만에 회사를 그만두고 받은 6,000원으로 기타와 고시 책 몇 권을 산 다음 유흥비로 다 쓴 다음 고향 집으로 돌아오다.[28]

◇ 한미행정협정을 조인하다.

26) 『운명이다』 노무현재단 엮음 경기 2010. 돌베개, 54, 59쪽.
27) 『운명이다』 노무현재단 엮음 경기 2010. 돌베개, 54쪽.
28) 『운명이다』 노무현재단 엮음 경기 2010. 돌베개, 55, 358쪽.
『노무현 상식, 혹은 희망』 노무현 외 지음 서울 2009. 행복한책읽기, 130쪽.

○ 실직해 집에 와있던 작은 형과 둘이서, 마을 들판 건너 뱀산 자락에 토담집을 짓다. 아버지 노판석이 마옥당磨玉堂이라 이름 짓다. 여기서 고시 공부를 시작하다.[29)]

○ 울산 건설 현장에서 막노동을 하다가 산업재해를 당하다.

○ 11월, 대학교 학력을 안 가진 사람이 사법시험이나 행정고 시를 치기 위해 거쳐야 하는 예비고사인 '사법 및 행정요원 예비 시험'에 합격하다.[30)]

22세 (1967, 정미, 박정희 4)

○ 큰 형 노영현이 5급 공무원(현 9급) 시험에 합격하다.[31)]

◇ 과학기술처를 신설하다.

◇ 대통령 선거를 실시하다.

◇ 제7대 국회의원 선거를 실시하다.

23세 (1968, 무신, 박정희 5)

◇ 1월 21일, 1.2사태가 일어나다.

◇ 향토예비군을 창설하다.

○ 3월 8일, 군번 51053545로 육군 현역 입대하다. 먼저 1군 사 령부에서 절반쯤 근무하고, 이후 최전방으로 옮겨 근무하다가 만 기 제대하다.[32)]

29) 『운명이다』 노무현재단 엮음 경기 2010. 돌베개, 55, 358쪽.
30) 『운명이다』 노무현재단 엮음 경기 2010. 돌베개, 55~57, 358쪽.
   『노무현 상식, 혹은 희망』 노무현 외 지음 서울 2009. 행복한책읽기, 28쪽.
31) 『운명이다』 노무현재단 엮음 경기 2010. 돌베개, 53, 58쪽.
32) 『운명이다』 노무현재단 엮음 경기 2010. 돌베개, 58, 358쪽.
   『노무현 상식, 혹은 희망』 노무현 외 지음 서울 2009. 행복한책읽기, 37쪽.

○ 둘째형 노건평이 5급 공무원(현 9급) 시험에 합격하다. 이후 노건평은 10년간 세무 공무원을 한 뒤 낙향하여 과수원 농사를 하다. 노건평이 60년대, 마을에 처음 흑백 TV를 사오다.[33]

◇ 중학입시제도를 폐지하다.

◇ 11월, 울진삼척 무장공비사건이 일어나다.

◇ 12월, 국민교육헌장을 공포하다.

24세 (1969, 기유, 박정희 6)

◇ 제6차 개헌을 실시하다. 3선개헌안이 변칙으로 통과되다.

25세 (1970, 경술, 박정희 7)

◇ 새마을운동을 제창하다.

◇ 경부고속도로를 개통하다.

◇ 전국 우편번호제를 실시하다.

◇ 8월 15일, 8.15선언을 하다.

◇ 11월, 전태일 분신사건이 일어나다.

26세 (1971, 신해, 박정희 8)

○ 71년 초, 34개월 18일 근무하고, 강원도 인제 12사단에서 육군 상병으로 만기 제대하다. 월남에 간 병사들이 돌아올 때 병장을 달고 왔기 때문에, 병장 수가 정해져 있던 관계로, 당시에는 상병으로 제대하는 사람도 많이 있었다고 한다. 다시 사법고시

---

33) 『노무현 내 마음의 대통령』 이재영 엮음 2002. 대청, 42쪽.
　　『운명이다』 노무현재단 엮음 경기 2010. 돌베개, 53, 58쪽.

공부를 시작하다. 이 무렵 할아버지 병구완을 하러 집에 와 있던 권양숙과 사귀기 시작하다. 서로 책을 빌려주고 돌려받는 것을 구실 삼아 자주 만나 읽은 책에 관해 이야기 나누다. 동네에 노무현과 권양숙이 사귄다는 소문이 나다.[34]

○ 5월, 3급(현 5급) 공무원 1차 시험(현 행정고시)에 합격하다.[35]

○ 10월, 사법고시 1차 시험에 합격하다.[36]

◇ 정·부통령 선거를 실시하다.

◇ 제8대 국회의원 선거를 실시하다.

◇ 무령왕릉을 발굴하다.

27세 (1972, 임자, 박정희 9)

◇ 7월 4일, 7.4 남북공동선언을 하다.

◇ 베트남에 주둔하고 있던 국군이 철수하다.

◇ 10월, 제7차 개헌을 하다. 10월유신헌법이라 불리다.

◇ 11월, 통일주체국민회의를 결성하다.

◇ 12월, 통일주체국민회의에서 대통령을 선출하다.

28세 (1973, 계축, 박정희 10)

◇ 제1차 석유파동 일어나다.

○ 1월, 2년 동안 커피 한 잔 값 들이는 일 없이 맨입으로 연애

34) 『운명이다』 노무현재단 엮음 경기 2010. 돌베개, 58~59, 61, 358쪽.
    『노무현 상식, 혹은 희망』 노무현 외 지음 서울 2009. 행복한책읽기, 37쪽.
35) 『운명이다』 노무현재단 엮음 경기 2010. 돌베개, 62, 358쪽.
36) 『운명이다』 노무현재단 엮음 경기 2010. 돌베개, 62, 358쪽.

하던 끝에 권양숙과 혼인하다.[37]

O 큰아들을 낳고 이름을 '노건호(1973~)'라고 짓다.[38]

O 5월 14일, 맏형 노영현이 교통사고로 사망하다.[39]

29세 (1974, 갑인, 박정희 11)

◇ 긴급조치를 발동하다.

◇ 민청학련 사건이 일어나다.

◇ 서울 지하철 1호선이 개통되다.

30세 (1975, 을묘, 박정희 12)

◇ 방위세를 신설하다.

O 3월, 제17회 사법고시에 합격하다. 합격 소식을 들은 아내 권양숙이 부끄러운 줄도 모르고 노무현의 무릎에 얼굴을 파묻은 채 엉엉 울다.[40]

O 6월, 『고시계』 7월호에 실릴 「과정도 하나의 직업이었다」라 는 제목의 고시 합격기를 쓰다.[41]

31세 (1976, 병진, 박정희 13)

O 장녀 노정연(1976~) 태어나다.[42]

37) 『운명이다』 노무현재단 엮음 경기 2010. 돌베개, 61~62쪽.
38) 『운명이다』 노무현재단 엮음 경기 2010. 돌베개, 358쪽.
39) 『운명이다』 노무현재단 엮음 경기 2010. 돌베개, 63, 358쪽.
40) 『운명이다』 노무현재단 엮음 경기 2010. 돌베개, 358쪽.
   『노무현 내 마음의 대통령』 이재영 엮음 2002. 대청, 41쪽.
   『노무현 상식, 혹은 희망』 노무현 외 지음 서울 2009. 행복한책읽기, 130쪽.
41) 『노무현 상식, 혹은 희망』 노무현 외 지음 서울 2009. 행복한책읽기, 131쪽.
42) 『운명이다』 노무현재단 엮음 경기 2010. 돌베개, 358쪽.

○ 사법연수원 7기 연수생이 되다. 사법연수원을 다니던 중, 아버지 노판석 별세하다. 아버지는 일제강점기에 객지에서 노동 자 생활을 좀 한 것 외에는 줄곧 농사에 종사하다 생을 마감하다.[43]

32세 (1977, 정사, 박정희 14)

○ 9월, 대전지방법원 판사로 부임하다. 생계형 범죄에 대해서 는 관대하게 처리하다.[44]

◇ 수출 100억 달러를 달성하다.

33세 (1978, 무오, 박정희 15)

○ 5월, 혼자 변호사 개업을 하다. 첫 사무장을 배동화가 맡 다.[45]

◇ 제9대 대통령 선거를 실시하다.

◇ 제10대 국회의원 선거를 실시하다.

34세 (1979, 기미, 박정희 16)

◇ 제2차 석유파동이 일어나다.

◇ 9월, 'YH무역' 여성 노동자들이 임금을 떼어먹고 외국으로 달아난 사측을 규탄하며 신민당 당사를 점거하고 외부의 도움을 요청하자, 경찰이 당사에 들어가 당직자들을 폭행하고 여성 노동 자들을 체포하는 과정에서 김경숙이라는 노동자가 경찰에 밀려

43) 『운명이다』 노무현재단 엮음 경기 2010. 돌베개, 65, 358쪽.
44) 『운명이다』 노무현재단 엮음 경기 2010. 돌베개, 67, 358쪽.
45) 『운명이다』 노무현재단 엮음 경기 2010. 돌베개, 67~68, 358쪽.

창밖으로 떨어져 사망하는 참사가 일어나다.

◇ 10월, 부산·마산 민주화 운동(일명 부마항쟁)이 일어나다.

◇ 10월 26일, 김재규 중앙정보부장이 쏜 총탄을 맞고 박정희 대통령이 서거하다.

◇ 12월 12일, 전두환·노태우를 중심으로 12.12사태가 일어나다.

35세 (1980, 경신, 최규하 1, 전두환 1)

◇ 5월, '서울의 봄'이라 불리는 평화가 오다.

◇ 5월 18일, 5.18 광주민주화운동이 일어나다.

◇ 7월, 언론기본법을 공포하다.

◇ 8월 16일, 최규하 대통령이 대통령직을 포함한 모든 공직에서 사퇴하다.

◇ 9월 1일, 전두환이 대통령에 취임하다.

36세 (1981, 신유, 전두환 2)

○ 『부산일보』 생활법률상담 연재를 시작하다. [46]

○ 10월, 부림釜林 사건 변론을 맡으면서 돈 버는 일을 집어치우고 인권변호사로 나서는 한편 재야운동에 투신하다. [47]

◇ 수출 200억 달러를 달성하다.

37세 (1982, 임술, 전두환 3)

46) 『운명이다』 노무현재단 엮음 경기 2010. 돌베개, 358쪽.
47) 『운명이다』 노무현재단 엮음 경기 2010. 돌베개, 358쪽.
   『노무현 상식, 혹은 희망』 노무현 외 지음 서울 2009. 행복한책읽기, 32쪽, 139쪽.

○ 요트 훈련을 받으러 일본에 가다.[48]

○ 문재인 변호사와 공동 사무실을 열다. 문재인 변호사와 손을 잡고 조세 사건을 주로 처리하기 시작한 후 최도술이 사무장을 맡다.[49]

○ 5월, 부산 미국문화원 방화 사건 변호인단에 들어가다. 또 '민변(민주화를 위한 변호사 모임)'의 모태가 된 정법회正法會 창립에 참여하다. 미국문화원 방화 사건 변론을 맡았다는 이유로 1년 반 동안 연재했던 『부산일보』 생활법률상담을 그만두게 되다.[50]

○ 송인기 신부 권유로 천주교 세례를 받다. 노무현의 세례명은 '유스토'였고, 권양숙의 세례명은 '아델라'였다.[51]

◇ 야간 통행금지가 해제되다.

38세 (1983, 계해, 전두환 4)

◇ KAL기 참사가 일어나다.

◇ 83년 말, 전두환 대통령이 '대화합조치'라는 것을 발표해, 일부 양심수와 제적 학생의 복학을 허용하다. 이때 부림 사건으로 감옥에 갔던 청년들이 출소하다.

39세 (1984, 갑자, 전두환 5)

◇ 봄, 김영삼이 미국에 망명 중이던 김대중과 손잡고 '민주화

---

48) 『노무현 상식, 혹은 희망』노무현 외 지음 서울 2009. 행복한책읽기, 65쪽.
49) 『운명이다』노무현재단 엮음 경기 2010. 돌베개, 68, 358쪽.
50) 『운명이다』노무현재단 엮음 경기 2010. 돌베개, 81, 358쪽.
51) 『운명이다』노무현재단 엮음 경기 2010. 돌베개, 359쪽.

추진협의회'를 결성하다.

◇ 부산공해문제연구소 이사를 맡다.[52]

◇ 서울 지하철 2호선을 개통하다.

◇ 서울 한강변에 88올림픽 고속도로 개통하다.

40세 (1985, 을축, 전두환 6)

◇ 2월, 미국에 망명 중이던 김대중이 김포공항을 통해 귀국하다. 김포공항에는 수만 명의 환영인파가 운집하다.

○ 부산민주시민협회 상임위원으로 활동하다. 울산, 마산, 창원, 거제도와 경북 구미공단 등을 다니며 노동운동을 변론하다.[53]

41세 (1986, 병인, 전두환 7)

◇ 3저 현상, 우루과이라운드가 일어나다.

◇ 최저임금법 제정되다.

○ 학원 안전법 반대투쟁을 하면서 투쟁기금을 모으려고 백범 김구 선생의 글, '대붕역풍비, 생어역수영(大鵬逆風飛, 生魚逆水泳)' 복사본을 팔러 다닌 적이 있었는데, 많은 분들로부터 적지 않은 돈을 받다.[54]

◇ 서울에서 '아시안게임'이 개최되다.

---

52) 『운명이다』 노무현재단 엮음 경기 2010. 돌베개, 359쪽.
53) 『운명이다』 노무현재단 엮음 경기 2010. 돌베개, 359쪽.
54) 『운명이다』 노무현재단 엮음 경기 2010. 돌베개, 123쪽.
   고사의 출처는 『장자(莊子)』「소요유(逍遙遊)」이고, 그 뜻은 "큰 새는 거스르는 바람에도 날고, 산 물고기는 거스르는 물에서도 헤엄친다." 이다. 평소 백범 김구가 이 글을 좋아하였다고 하는데 아마도 붓글씨로 써놓았던 것이 있었던 듯하고, 그 글을 노무현이 복사하여 팔러 다녔다는 이야기인 거 같다.

◇ 남극조약에 가입하다.

○ 9월, 사건 수임을 모두 중단하고 민주화운동에만 전념하다.[55]

42세 (1987, 정묘, 전두환 8)

◇ 남녀고용촉진법을 제정하다.

◇ 박종철 고문 치사 사건이 일어나다.

○ 2월 7일, 부산에서 열린 고故 박종철 군 추모대회에서 경찰에 연행되어 문재인, 김광일 변호사와 함께 범일동 대공분실에 구금되다.[56]

◇ 4월 13일, 4.13 호헌 조치가 내려지다.

○ 민주헌법쟁취국민운동 부산본부 상임집행위원장을 맡아 부산의 6.10대회를 주도하다가 다시 경찰에 끌려가다.[57]

○ 6월 18일, 연세대학교 학생 이한열 군의 죽음에 항의하기 위해 성난 부산시민들이 서면로터리 경찰 저지선을 무너뜨리고 범내골까지 진출하다. 노무현도 '어머니'라는 노래를 따라부르며 청년들과 함께 걷다.[58]

◇ 6월 29일, 6.29 민주항쟁이 일어나다.

○ 9월, 대우조선 고故 이석규 씨 유족을 돕다가 '제3자 개입'으로 23일간 구속되다. 이로 인해 11월에 변호사 업무정지 처분을 당하다.[59]

◇ 제9차 개헌을 통해, 대통령 단임 5년 직선제로 하다.

○ 12월, 보수세력은 김종필 총재의 신민주공화당과 민정당의 노태우 후보로 나누어지고, 진보세력은 김영삼 총재의 통일민주당과 김대중 총재의 평화민주당 그리고 백기완 후보의 진보정치 세력으로 분열된 가운데 치러진 제13대 대통령 선거에서 노태우 후보가 대통령에 당선되다. 노무현은 이 대선에서 공정선거감시운동 부산본부장을 맡다.[60]

◇ 대통령 선거 실시되다.

43세 (1988, 무진, 노태우 1)

◇ 2월, 국민연금제 실시하다.

○ 4월, 김영삼 총재가 있는 통일민주당 부산 동구에 출마하여 제13대 국회의원에 당선되다.[61] 이후 상도동 측근들이 시샘할 정도로 김영삼 총재와 독대를 하고 매번 격려금(돈 봉투)을 받다.[62]

○ 국회 노동위원회에서 이상수, 이해찬과 함께 '노동위 삼총사'로 활동하다.[63]

○ 6월, 제13대 국회의원 임기가 시작되다. 변호사 업무정지가 해제되다.[64]

60) 『운명이다』 노무현재단 엮음 경기 2010. 돌베개, 94~95쪽.
61) 『운명이다』 노무현재단 엮음 경기 2010. 돌베개, 359쪽.
　　노생 2기가 시작되다. 이 책에서는, 노무현이 살았던 시대를 노생시대라고 하고, 이를 다시 세분하여 정치입문 전까지를 노생 1기, 대통령 당선 전까지를 노생 2기, 서거까지를 노생 3기라고 하였다.
62) 『운명이다』 노무현재단 엮음 경기 2010. 돌베개, 125쪽.
63) 『운명이다』 노무현재단 엮음 경기 2010. 돌베개, 359쪽.
64) 『운명이다』 노무현재단 엮음 경기 2010. 돌베개, 101, 359쪽.

○ 가을, 제5공화국 청문회가 한창이던 어느 날, 국회 본청 의 원식당에서 우연히 김대중을 처음으로 만나다.[65]

○ 12월, '제5공화국비리조사특별위원회'에서 청문회 스타로 각광받다.[66]

○ 12월 26일, 울산 현대중공업 파업현장에서 연설하다.[67]

○ 12월 31일, 합동청문회에서 전두환이 길게 이야기하고, 소란한 가운데 퇴장하자 화가 난 노무현이 '민주당 지도부를 향해 욕을 퍼부으며 자기 명패'를 바닥에 팽개치다.[68] 5공비리 청문회를 한 뒤부터 김영삼 총재와 더 자주 독대를 하고 그때마다 격려금(돈 봉투)을 받다.[69]

◇ 한글 맞춤법을 고시하다.

44세 (1989, 기사, 노태우 2)

○ 3월 17일, 제도정치에 한계를 느끼고 의원직 사퇴서를 제출하다. 그 후, 발길 가는 대로 다니다가 여러 사람들의 부탁으로 사퇴를 철회하다.[70] 이때, 한 번은 김영삼과 전화를 하게 되었는데 '긴말 할 것 없이 만나자'고 하여 갔더니, '노 의원 같은 사람이 견디기에 정치판이 너무 험하다'라고 하면서 어디 가서 낚시라도 하라며 200만 원이 든 봉투를 주어 사퇴철회 문제는 말도 꺼내지 못하다.[71]

65) 『운명이다』 노무현재단 엮음 경기 2010. 돌베개, 127쪽.
66) 『운명이다』 노무현재단 엮음 경기 2010. 돌베개, 104~106, 359쪽.
67) 『운명이다』 노무현재단 엮음 경기 2010. 돌베개, 108쪽..
68) 『운명이다』 노무현재단 엮음 경기 2010. 돌베개, 106~108쪽.
69) 『운명이다』 노무현재단 엮음 경기 2010. 돌베개, 125쪽.
70) 『운명이다』 노무현재단 엮음 경기 2010. 돌베개, 110~112쪽.
71) 『운명이다』 노무현재단 엮음 경기 2010. 돌베개, 126쪽.

◇ 4월, 강원도 동해 국회의원 재선거가 있었다. 이때 이회창 중앙선거관리위원장이 '민정당 총재 노태우 대통령과 야 3당 김대중, 김영삼, 김종필 총재'에게 불법선거운동 자제 요청 시한을 보내다.

◇ 8월, '영등포구을' 국회의원 재선거가 있었다. 이때 이회창 중앙선거관리위원장이 후보 전원을 불법선거운동 혐의로 검찰에 고발하다.

○ 영등포구을 국회의원 보궐선거 이후 3당 합당을 하려는 김영삼에게 "총재님 뜻을 어기면서 야권통합운동을 하는 제가 어찌 또 신세를 지겠습니까!" 하면서 격려금(돈 봉투)을 사양하다. 한참을 옥신각신한 끝에 이번이 마지막이라며 돈 봉투를 받다.[72]

◇ 장애인 복지법을 제정하다.

◇ 국민 의료보험을 실시하다.

○ 이해찬, 이상수, 김정길, 이철 의원과 함께 마포에 비밀 사무실을 차리고 '정치발전연구회'라는 모임을 만들어 각자 소속 정당 안에서 야권통합운동을 벌이다.[73]

45세 (1990, 경오, 노태우 3)

◇ 1월, '민정당 · 민주당 · 공화당'이 합당하여 민자당이 출범하다.

○ 3당 합당 때 김영삼 총재가 노무현과 김정길을 부르지 않았고, 노무현은 이후 민주당의 대통령 후보가 되어 前 대통령 김영

---

72) 『운명이다』 노무현재단 엮음 경기 2010. 돌베개, 125쪽.
73) 『운명이다』 노무현재단 엮음 경기 2010. 돌베개, 113쪽.

삼이 머무르고 있던 상도동 자택을 방문하여 13년 만에 처음으로 대면하다.[74]

○ 3당 합당에 반대한 8명의 국회의원이 '작은 민주당'을 창당하다.[75]

○ 민자당이 병역법과 방송법을 날치기 처리하자 이를 규탄하며 김정길, 이철, 이해찬 의원과 함께 의원직 사퇴서를 제출하다.[76]

◇ 소련과 수교하다.

◇ 장애인에 대한 고용촉진 등에 관한 법률이 만들어지다.

46세 (1991, 신미, 노태우 4)

◇ 남북기본합의서를 채택하다.

◇ 가족법을 제정하다.

◇ 기초와 광역을 분리하여 두 차례 지방의회 선거를 치르다.

○ 9월, 통일민주당과 작은 민주당이 5:5의 지분으로 야권통합을 하여 '통합민주당'이 출범하고, 이기택과 김대중이 공동대표가 되다.[77]

○ 9월 17일, 통합을 주도한 노무현은 통합민주당의 대변인이 되다.[78]

47세 (1992, 임신, 노태우 5)

---

74) 『운명이다』 노무현재단 엮음 경기 2010. 돌베개, 126쪽.
75) 『운명이다』 노무현재단 엮음 경기 2010. 돌베개, 116~117쪽.
76) 『운명이다』 노무현재단 엮음 경기 2010. 돌베개, 117쪽.
77) 『운명이다』 노무현재단 엮음 경기 2010. 돌베개, 359쪽.
78) 『운명이다』 노무현재단 엮음 경기 2010. 돌베개, 120쪽.

◇ 제14대 국회의원 선거를 실시하다.

○ 3월 24일, 제14대 총선에서 민주당 소속 부산 동구 국회의원에 출마하여 낙선하다.[79]

○ 김대중 대통령 후보 청년특위위원장에 임명되다. 중앙당 선거대책위원회 산하에 물결유세단이라는 조직을 만들어, 주로 부산에서 제14대 대통령 선거운동을 하다.[80]

◇ 우리별 1호를 발사하다.

◇ 중국과 수교하다.

◇ 12월, 제14대 대통령 선거를 실시하다. 대통령에는 현대그룹 정주영 회장과 김영삼 총재 그리고 김대중 총재 등이 출마하여 김영삼 총재가 대통령에 당선되다. 김대중은 정계를 떠나다.

48세 (1993, 계유, 김영삼 1)

◇ 2월 25일, 노태우 대통령이 퇴임하고 김영삼 대통령의 '문민정부' 가 출범하다. 대통령에 취임한 김영삼은 '하나회' 를 비롯한 군 내부에 있는 사조직을 척결하다.

○ 3월, 민주당 전당대회에서 노무현은 1차에서 동정표를 얻어 5등으로 당선되고, 세 명을 선출하는 2차에서 당선되어 최연소 최고위원이 되다. 이 전당대회는 김대중 총재가 정계은퇴를 한 후 처음으로 있었던 전당대회였다.[81]

79) 『운명이다』 노무현재단 엮음 경기 2010. 돌베개, 119, 122, 359쪽.
   (119쪽과 122쪽에는 4월이라고 되어있는데, 제14대 총선은 3월 24일에 있었으니까 다음 번 책을 낼 때는 오타를 바로잡아 주었으면 한다.)
   『노무현 상식, 혹은 희망』 노무현 외 지음 서울 2009. 행복한책읽기, 132쪽.
80) 『운명이다』 노무현재단 엮음 경기 2010. 돌베개, 127, 359쪽.
81) 『운명이다』 노무현재단 엮음 경기 2010. 돌베개, 127, 359쪽.

◇ 금융실명제를 실시하다.

○ 아들 노건호(1973~)가 군 입대하다. [82]

○ 9월 18일, '참여시대를 여는 지방자치실무연구소'를 설립하다. 조세형 의원이 이사장을 맡고, 국민대 김병준 교수가 소장을 맡다. [83]

이때 안희정, 서갑원, 문용옥, 황이수 같은 새로운 참모들이 연구소에 들어오다. 당시 노무현은 박태견의 『초국가 시대로의 초대』와 최병권의 『세계시민입문』 등의 책에 관심을 두다. [84]

49세 (1994, 갑술, 김영삼 2)

○ 지방자치실무연구소를 설립하다. [85]

○ 에세이집 『여보, 나 좀 도와줘』를 출간하다. 책을 출간하는 과정에서 윤태영과 인연을 맺다. [86]

◇ 환경부 출범하다.

50세 (1995, 을해, 김영삼 3)

○ 2월, 임시전당대회에서 부총재로 선출되다. [87]

○ 6월 27일, 부산시장 선거에 민주당 후보로 나와 문정수 후보가 51%로 당선되고 노무현 후보는 37%로 낙선하다. 당시 민주당이 심각한 내분으로 완전 마비된 상태에 빠져 후보들에게 지

82) 『노무현 상식, 혹은 희망』 노무현 외 지음 서울 2009. 행복한책읽기, 39쪽.
83) 『운명이다』 노무현재단 엮음 경기 2010. 돌베개, 130쪽.
84) 『운명이다』 노무현재단 엮음 경기 2010. 돌베개, 131쪽.
85) 『운명이다』 노무현재단 엮음 경기 2010. 돌베개, 359쪽.
86) 『운명이다』 노무현재단 엮음 경기 2010. 돌베개, 131, 359쪽.
87) 『운명이다』 노무현재단 엮음 경기 2010. 돌베개, 133쪽.

방자치 이론이나 선거 실무교육 등 필수 서비스를 전혀 제공하지 못할 때, 노무현의 '지방자치실무연구소' 가 큰 활약을 하다.[88]

이 선거를 치르면서 부산대학교 총학생회장 출신 정윤재와 최인호, 송인배 등의 참모를 얻다.[89]

◇ 민주노총 결성하다.

◇ 지방자치제 재개하다.

○ 아들 노건호가 군 복무를 마치고 제대하다.[90]

51세 (1996, 병자, 김영삼 4)

○ 4월 11일, 제15대 총선에 민주당 소속 서울 종로 국회의원에 출마하여 이명박, 이종찬 후보와 경쟁하였으나 3위에 머물러 낙선하다. 이때 제3당으로는 지역 당을 타파할 수 없다는 경험적 인식을 얻다.[91]

○ 11월, 민주당 당권 투쟁에서 패배한 사람들이 '개혁과 통합을 위한 국민통합추진회(통추)' 를 결성하다. 김원기, 김정길, 유인태, 원혜영, 이강철, 제정구, 박계동, 박석무, 김부겸, 이철, 이호웅, 김홍신, 이미경, 김원웅, 임종인 등이 참여하다. 노무현은 혼자 빠지면 독불장군 소리를 들을 거 같아 큰 기대 없이 참여하다.[92]

○ 통추의 몇몇 사람들이 돈을 출자해 서울 강남에 하로동선夏

88) 『운명이다』, 노무현재단 엮음 경기 2010. 돌베개, 133, 136, 360쪽.
　　『노무현 상식, 혹은 희망』 노무현 외 지음 서울 2009. 행복한책읽기, 132쪽.
89) 『운명이다』, 노무현재단 엮음 경기 2010. 돌베개, 137쪽.
90) 『노무현 상식, 혹은 희망』 노무현 외 지음 서울 2009. 행복한책읽기, 39쪽.
91) 『운명이다』, 노무현재단 엮음 경기 2010. 돌베개, 138~139, 360쪽.
　　『노무현 상식, 혹은 희망』 노무현 외 지음 서울 2009. 행복한책읽기, 132쪽.
92) 『운명이다』, 노무현재단 엮음 경기 2010. 돌베개, 141~142, 360쪽.

爐冬扇이라는 식당을 열다.[93]

◇ 『무궁화위성을 발사하다.

52세 (1997, 정축, 김영삼 5)

○ SBS 라디오 '노무현 김자영의 뉴스대행진'을 진행하다.[94]

◇ 11월, 외환위기가 오다.

○ 11월 13일, 새정치국민회의에 입당하다.[95] 김대중 대통령 후보를 위해 거리유세도 하고 강연도 하고 텔레비전 방송연설을 하다. 이 시기 약사였던 고성규가 24시간 수행하다.[96]

◇ 제15대 대통령 선거를 하여 김대중이 38만여 표 차의 박빙 승리로 대통령에 당선되다.

◇ 대한민국 외환보유고 36억 달러를 김대중 정부에 넘기다.

53세 (1998, 무인, 김대중 1)

◇ 노사정위원회를 폐지하다.

◇ 2월 25일, 김대중 대통령에 의한 '국민의 정부'가 출범하다.

○ 1996년 제15대 총선 종로 선거구 당선자인 이명박의 핵심 측근이 부정선거 실상을 폭로하는 바람에 선거법 위반으로 기소 되어 당선무효 확정판결을 앞두고 이명박이 국회의원직을 사퇴 해서 '종로' 지역구에서 보궐선거를 하게 되다. 이종찬 부총재가 국가안전기획부장으로 가면서 국민회의 종로지구당에 자리가 나

93) 『운명이다』 노무현재단 엮음 경기 2010. 돌베개, 142쪽.
94) 『운명이다』 노무현재단 엮음 경기 2010. 돌베개, 360쪽.
95) 『운명이다』 노무현재단 엮음 경기 2010. 돌베개, 145쪽.
96) 『운명이다』 노무현재단 엮음 경기 2010. 돌베개, 145, 360쪽.

다.[97] 15대 총선에서 이종찬을 매몰차게 공격했는데 이종찬은 옛일을 따지지 않고 지역구 조직을 성의껏 인계하고 당원들을 설득해 주어 별다른 애로사항 없이 보궐선거를 치르다. 이광재, 안희정, 백원우 등 젊은 참모들이 모두 종로에 와서 조직을 인수하고 선거운동을 하다.[98]

○ 7월 21일, 제15대 종로구 보궐선거에서 당선되다. 이종찬에 대해서는 늘 미안하고 고마운 마음을 가지고 살다.[99]

종로구 보궐선거에서 당선된 지 반 년, 제16대 총선을 1년 2개월 남긴 시점에서 '동서통합을 위해 부산 영남 지역으로 간다.'고 선언하다. 정균환 사무총장과 조세형 총재 권한대행이 깜짝 놀라며 정말이냐고 묻고 당에서 경남지부장 자리를 내어주다. 처음에는 분위기가 좋았는데 검찰총장 부인이 관련된 '옷 로비' 사건이 터지는 바람에 여론이 좋지 않자, 부산의 중심 서면 로터리에 출마하려던 계획을 바꿔 지역구 민원이 가장 많은 강서구를 선택하다.[100]

○ 여름 내내, 현대자동차 사태를 평화적으로 마무리하다. 이기호 노동부 장관이 현지에 와서 노동조합의 양보를 얻어내고 회사를 설득하는 데 도움을 주다. 300명 가까운 구내식당 아주머니들이 외주업체 직원으로 전락하다.[101]

○ 지방자치실무연구소의 이름을 자치경영연구원으로 바꾸

97) 『운명이다』 노무현재단 엮음 경기 2010. 돌베개, 148쪽.
98) 『운명이다』 노무현재단 엮음 경기 2010. 돌베개, 149쪽.
99) 『운명이다』 노무현재단 엮음 경기 2010. 돌베개, 149, 360쪽.
100) 『운명이다』 노무현재단 엮음 경기 2010. 돌베개, 151~153쪽.
101) 『운명이다』 노무현재단 엮음 경기 2010. 돌베개, 154~156쪽.

다.[102]

○ 노무현의 어머니 이순례(李順禮, ~1998)가 작고하다.[103]

○ 정치 업무 표준화 시스템 '노하우 2000'을 개발하다.[104]

54세 (1999, 기묘, 김대중 2)

○ 부산 출마를 선언하고 종로지구당을 포기하다.[105]

◇ 국민 기초생활보장법을 제정하다.

◇ 7월 1일, 인터넷에서 정치인에 대한 가상주식을 거래하는 사이버 정치증권시장 포스닥이 문을 열다.

◇ 우리별 3호를 발사하다.

◇ 한일 어업 협상을 타결하다.

55세 (2000, 경진, 김대중 3)

◇ 1월, '새정치국민회의'가 당명을 '새천년민주당'으로 바꾸다.

○ 3월, 현대자동차 구내식당에서 일하던 300명 가까운 아주머니들이 부산으로 찾아와 복직시켜달라고 하소연하다. 이 여성 노동자들의 억울한 사연과 끈질긴 투쟁은 나중에《밥. 꽃. 양》이라는 기록영화로 만들어져 그 시대를 증언하는 기록으로 남다.[106]

○ 4월 13일, 제17대 총선에서 새천년민주당 소속 부산 (북강서을) 국회의원에 출마하여 한나라당 허태열 후보에게 큰 표 차

102) 『운명이다』 노무현재단 엮음 경기 2010. 돌베개, 181쪽.
103) 『운명이다』 노무현재단 엮음 경기 2010. 돌베개, 360쪽.
　　　 『노무현 내 마음의 대통령』 이재영 엮음 2002. 대청, 40쪽.
104) 『운명이다』 노무현재단 엮음 경기 2010. 돌베개, 360쪽.
105) 『운명이다』 노무현재단 엮음 경기 2010. 돌베개, 360쪽.
106) 『운명이다』 노무현재단 엮음 경기 2010. 돌베개, 155~156쪽.

로 져서 낙선하다.[107] 개표가 진행되는 동안 『월간조선』 2000년 4월호 별책부록 「세계를 감동시킨 위대한 연설들」을 읽다. 이전까지는 백범 김구가 존경 인물이었는데, 링컨 대통령의 연설문을 읽으면서 링컨으로 바꾸다.[108] 그날 밤, 노무현의 홈페이지 '노하우'에는 밤새 울분에 찬 글들이 올라오고, 다음날 낙선한 노무현에게 언론의 인터뷰 요청이 쇄도하다.[109]

○ 6월 6일, 선거가 끝나고 전국의 누리꾼들이 자발적으로 대전대학교 앞 조그만 PC방에서 모임을 갖고 대한민국 최초의 정치인 팬클럽인 노사모(노무현을 사랑하는 사람들의 모임)를 결성하다.[110]

◇ 6월 15일, 6.15 남북공동선언을 하다.

○ 8월 7일, 해양수산부 장관 발령을 받고 취임하다.[111] 취임하자마자 맞닥뜨린 '해양수산부와 해양경찰청 이전 문제'를 여러 차례 TV 토론도 하고 시민단체들과 논쟁도 하여 합리적인 결과를 도출하다.[112]

○ 자치경영연구원이 여의도 금강빌딩에 입주하다.[113]

○ 12월, 사업자와 정부가 합의해 '부산 신항만 민자사업' 기공식을 하다.[114]

107) 『운명이다』 노무현재단 엮음 경기 2010. 돌베개, 160, 360쪽.
　　『노무현 상식, 혹은 희망』 노무현 외 지음 서울 2009. 행복한책읽기, 134쪽.
108) 『운명이다』 노무현재단 엮음 경기 2010. 돌베개, 160~161쪽.
109) 『운명이다』 노무현재단 엮음 경기 2010. 돌베개, 161쪽.
110) 『운명이다』 노무현재단 엮음 경기 2010. 돌베개, 163, 360쪽.
　　『노무현 상식, 혹은 희망』 노무현 외 지음 서울 2009. 행복한책읽기, 134쪽.
111) 『운명이다』 노무현재단 엮음 경기 2010. 돌베개, 167, 360쪽.
　　『노무현의 리더십이야기』 노무현 지음 서울 2002. 행복한책읽기, 서문 1쪽.
112) 『운명이다』 노무현재단 엮음 경기 2010. 돌베개, 169쪽.
113) 『운명이다』 노무현재단 엮음 경기 2010. 돌베개, 181쪽.
114) 『운명이다』 노무현재단 엮음 경기 2010. 돌베개, 170쪽.

56세 (2001, 신사, 김대중 4)

○ 2월 6일, 해양수산부 출입기자들과 오찬 간담회 중, 언론사 세무조사 문제가 나와서 평소 생각을 있는 그대로 말했는데, 이틀 후 주요 신문사들이 모두 이에 대해 비판하는 기사를 쓰다.[115]

○ 3월 26일, 해양수산부 장관직을 사임하다.[116] 퇴임하자마자 그냥 버리기 아까운 기억들을 하나의 책으로 엮기 위해 새롭게 정리하기 시작하여 6월 말 초안이 완성되다.[117] 비서실의 황종우 사무관과 정책자문위원이었던 배기찬이 책을 기획하고 글을 정리하는데 많은 도움을 주다.[118]

○ 4월 초, 저서 『노무현이 만난 링컨』 초고가 완성되다.[119]

◇ WTO 뉴라운드가 출범하다.

◇ '국가인권위원회'를 발족하다.

◇ 인천국제공항 개항하다.

○ 6월 7일, 《미디어 오늘》 이영태 기자와 인터뷰를 하며 "내가 《조선일보》를 상대로 버거운 싸움을 하는 것은 개혁 세력 방어를 위한 전략이며 몸부림이다."라고 말하다.[120]

◇ 8월. IMF 관리체제를 극복하다.

○ 9월, 부산 후원회에서 대권 도전을 선언하다.[121] 여의도 금

115) 『운명이다』 노무현재단 엮음 경기 2010. 돌베개, 177쪽.
116) 『운명이다』 노무현재단 엮음 경기 2010. 돌베개, 167쪽.
    『노무현의 리더십이야기』 노무현 지음 서울 2002. 행복한책읽기, 서문 1쪽.
117) 『노무현의 리더십이야기』 노무현 지음 서울 2002. 행복한책읽기, 서문 2쪽.
118) 『노무현의 리더십이야기』 노무현 지음 서울 2002. 행복한책읽기, 서문 3쪽.
119) 『노무현이 만난 링컨』 노무현 지음 서울 2001. 학고재, 16쪽.
120) 『운명이다』 노무현재단 엮음 경기 2010. 돌베개, 178~179쪽.
121) 『운명이다』 노무현재단 엮음 경기 2010. 돌베개, 360쪽.

강빌딩에 있던 자치경영연구원이 사실상 대통령 선거를 준비하는 선거사무소가 되다. 이충렬, 박재신, 배기찬, 나소열 등으로 단출한 정책팀을 만들다.[122]

○ 9월 12일, "《조선일보》는 이회창 기관지이며《조선일보》와 이회창 총재가 똑같은 수구·냉전·특권 세력이다."라고 개인 성명을 내다.[123] 가을부터《조선일보》는 민주당 경선후보 릴레이 인터뷰를 하여 노무현을 제외한 모든 경선후보 인터뷰를 다 내보내다.[124]

○ 11월 13일, 홈페이지에 공지를 올려 '《조선일보》가 인터뷰 요청을 했지만 거절했다고 밝히다.'[125]

○ 11월, 저서 『노무현이 만난 링컨』을 발간하다. 실제로 책을 쓴 사람은 장관 비서실에서 일했던 황종우 사무관과 정책자문위원이었던 배기찬 박사이고, 노무현이 함께 기획하고 토론하며 만들다.[126]

57세 (2002, 임오, 김대중 5)

○ 2002년 들어서 정태인, 유시민, 유종일 등이 본격적으로 자원봉사를 오고, 천호선, 김윤식, 황이수 등이 인터넷 선거 준비를 맡다. 염동연 의원이 연구원 사무총장직을 맡아 이강철, 김동수 등과 민주당 당원과 대의원들의 지지를 얻기 위한 활동을 벌이다. 밖에서는 노사모와 부산상고 동문회 등의 비정치 조직이 스스

122) 『운명이다』 노무현재단 엮음 경기 2010. 돌베개, 181쪽.
123) 『운명이다』 노무현재단 엮음 경기 2010. 돌베개, 179쪽.
124) 『운명이다』 노무현재단 엮음 경기 2010. 돌베개, 179쪽.
125) 『운명이다』 노무현재단 엮음 경기 2010. 돌베개, 179쪽.
126) 『운명이다』 노무현재단 엮음 경기 2010. 돌베개, 168, 360쪽.

로 자금을 모아 움직이다. 최영, 여택수, 문용옥이 노무현을 수행하고 안희정, 이광재가 선거 준비를 전체적으로 기획하고 총괄하다.[127]

○ 민주당이 당원과 국민을 똑같은 비율로 섞어 선거인단을 구성하는 국민참여경선을 대한민국 처음으로 도입하다. 200만 명이 선거인단 참여 신청을 하여 그중 2만 명이 무작위 추출을 통해 뽑히고 그 2만 명을 대상으로 이인제, 김근태, 정동영, 한화갑, 김중권, 유종근, 노무현 총 7인의 후보가 전국을 순회하며 선거를 실시하다.[128]

○ 3월 9일 토요일, 제주도에서 첫 경선을 하여 1위 한화갑, 2위 이인제, 3위 노무현, 4위 정동영이 되다.[129]

○ 《문화일보》와 SBS가 여론조사기관 〈TN소프레스〉에 의뢰한 조사에서 '노무현이 민주당 후보가 되면 한나라당 이회창 후보를 오차 범위 안에서 근소하게 앞선다는 결과가 나오자, 민주당 천정배 의원이 공개적으로 노무현 지지를 선언하다.[130]

○ 3월 10일 일요일, 울산 경선에서 노무현이 1등하다.[131]

○ 3월 15일, 전남대 정환담 교수와 반부패국민연대 서명원 전남광주본부장 등 266명의 광주 전남 지식인들이 '노무현 지지'를 선언하다.[132] 노사모를 비롯한 자원봉사자들은 2주 전부터 모든 역량을 광주에 투입해 유권자들을 설득하다.[133]

127) 『운명이다』 노무현재단 엮음 경기 2010. 돌베개, 181쪽.
128) 『운명이다』 노무현재단 엮음 경기 2010. 돌베개, 181, 183쪽.
129) 『운명이다』 노무현재단 엮음 경기 2010. 돌베개, 183쪽.
130) 『운명이다』 노무현재단 엮음 경기 2010. 돌베개, 184쪽.
131) 『운명이다』 노무현재단 엮음 경기 2010. 돌베개, 183쪽.
132) 『운명이다』 노무현재단 엮음 경기 2010. 돌베개, 184쪽.
133) 『운명이다』 노무현재단 엮음 경기 2010. 돌베개, 184쪽.

○ 3월 16일 토요일, 전라도 광주 경선에서 선거인단 1,572명이 참가하여 81%가 투표하여, 노무현이 595표(37.9%)로 1위하고 이인제는 491표(31.3%)를 받아 2위하다.[134] 후보들이 차례차례 사퇴하다.[135]

○ 4월 27일, 서울 잠실실내체육관에서 열린 국민참여경선에서 민주당 대통령 후보로 선출되다.[136] 94년 만든 '지방자치실무연구소'가 민주당 대통령 후보 국민경선 선거캠프에서 큰 역할을 하다.[137]

○ 4월 29일, 청와대를 방문해 김대중 대통령에게 인사하다.[138]

○ 4월 30일, '김영삼 시계'를 끼고 상도동 자택에 있는 김영삼 前 대통령을 방문하여 인사한 다음, '후배들이 민주개혁 세력 연합을 이룰 수 있도록 국가원로로서 도와 달라'는 청을 드리고 부산시장 후보 문제를 상의하다. 김영삼이 협력을 거절하고, 이후 부작용이 엄청 나타나다.[139]

◇ 한나라당이 이회창을 대통령 후보로 확정하다.

◇ 월드컵을 앞두고 대한축구협회장 정몽준 의원이 대선 출마의사를 나타내다.

◇ 한화갑 의원이 민주당 대표가 되다.

◇ 5월 5일 일요일, 김대중 대통령이 국정에 전념하겠다는 뜻

134) 『운명이다』 노무현재단 엮음 경기 2010. 돌베개, 184쪽.
135) 『운명이다』 노무현재단 엮음 경기 2010. 돌베개, 185쪽.
136) 『운명이다』 노무현재단 엮음 경기 2010. 돌베개, 185, 360쪽.
137) 『운명이다』 노무현재단 엮음 경기 2010. 돌베개, 133, 183쪽.
138) 『운명이다』 노무현재단 엮음 경기 2010. 돌베개, 186쪽.
139) 『운명이다』 노무현재단 엮음 경기 2010. 돌베개, 186쪽.

을 밝히며 민주당을 탈당하다.

◇ 6월 13일, 지방선거에서 호남을 제외한 모든 곳에서 민주당이 참패하다.

◇ 한일 월드컵(5. 31~6. 30)을 동시 개최하다. 대한민국이 4등하다.

○ 7월 중순경, 마포경찰서 뒷골목 허름한 건물에 사무실을 차려놓고 출판기획 사업을 계획하고 있던 유시민을 찾아가 '또 경선을 해야 할지 모르니 다시 사람을 모아 보라고 부탁하다.'¹⁴⁰⁾

○ 7월 하순, 유시민이 노사모와 민주당 국민경선 자원봉사자들을 다시 규합해 '국민후보지키기 서명운동'을 벌이다. 이 운동이 '개혁국민정당'이라는 인터넷 정당으로 이어지다.¹⁴¹⁾

◇ 8월 8일, 수도권과 영호남, 제주 등 전국 13곳에서 치러진 재보선에서 민주당이 참패하다.

◇ 정몽준 의원이 대선 출마를 선언하고 '국민통합21'이라는 정당을 만들다.

○ 9월 30일, 신행정수도 공약을 발표하다.¹⁴²⁾ 이후 '신행정수도건설특별법'은 야당도 거부하지 않았으나 헌법재판소의 위헌 결정으로 좌초되고, 청와대와 국방부를 비롯해 행정 기능의 일부를 서울에 남기고 나머지를 세종 신도시로 옮겨 행정중심복합도시를 만드는 새로운 법률을 만들다.¹⁴³⁾

○ 10월 15일, 책 『노무현의 리더십 이야기』를 출간하다.¹⁴⁴⁾

140) 『운명이다』 노무현재단 엮음 경기 2010. 돌베개, 192~193쪽.
141) 『운명이다』 노무현재단 엮음 경기 2010. 돌베개, 193쪽.
142) 『운명이다』 노무현재단 엮음 경기 2010. 돌베개, 227쪽.
143) 『운명이다』 노무현재단 엮음 경기 2010. 돌베개, 229쪽.
144) 『운명이다』 노무현재단 엮음 경기 2010. 돌베개, 360쪽.
　　『노무현의 리더십이야기』 노무현 지음 서울 2002. 행복한책읽기, 서문 1~3쪽.

○ 10월 17일, 김민석 의원이 민주당을 탈당하고 정몽준 후보 진영으로 넘어가다. 그날 밤 수많은 시민들이 노무현의 홈페이지를 접속해 10만 원 내외의 후원금을 내어 7,000만 원을 넘기다.[145]

○ 10월 18일~10월 20일, 매일 노무현 후원금액이 1억 원을 넘기다.[146]

○ 10월 20일, 여의도 63빌딩 국제회의장에서 개혁국민정당이 창당발기인대회를 열고 인터넷 당원 투표를 해서 노무현 후보 지지를 결의하다.[147] 이때 문성근의 격정적인 연설을 듣고 노무현이 눈물을 흘리다. 눈물 흘리는 영상은 후일 대통령선거방송 광고에 쓰이다.[148]

◇ 11월 4일, 민주당 후단협(후보단일화추진협의회) 소속 의원 11명이 탈당하다.

◇ 11월, 이인제 의원이 민주당을 탈당하다.

○ 11월 10일, 전라남도 지역 유세를 하다.[149]

○ 11월 11일, 순천 로얄호텔에서 전남지역 종교지도자들과 조찬간담회를 하며 '후보단일화를 바라는 국민의 요구를 받아들여 여론조사를 통한 후보단일화에 응하겠다.'고 선언하다.[150] 이해찬 의원과 신계륜 의원이 협상을 이끌다.[151]

○ 11월 25일, 전문기관 두 곳이 여론조사를 하다. 두 곳 모두

145) 『운명이다』 노무현재단 엮음 경기 2010. 돌베개, 194쪽.
146) 『운명이다』 노무현재단 엮음 경기 2010. 돌베개, 194쪽.
147) 『운명이다』 노무현재단 엮음 경기 2010. 돌베개, 194, 360쪽.
148) 『운명이다』 노무현재단 엮음 경기 2010. 돌베개, 194~195쪽.
149) 『운명이다』 노무현재단 엮음 경기 2010. 돌베개, 195쪽.
150) 『운명이다』 노무현재단 엮음 경기 2010. 돌베개, 195~196쪽.
151) 『운명이다』 노무현재단 엮음 경기 2010. 돌베개, 196쪽.

노무현이 우세한 상태에서 하나는 무효가 되고 다른 하나는 유효가 되다. 국민통합21 쪽에서 결과를 인정하여 정몽준 대표와의 후보단일화에 성공하다.[152)]

○ 12월 13일, 국회에서 정몽준 대표를 만나, 노무현이 당선되면 5년 동안 국정 동반자로서 함께 국가를 운영하면서 국민 통합과 정치개혁을 추진하기로 합의하다.[153)]

○ 12월 14일, 부산에서 노무현과 정몽준이 첫 공동유세를 하다.[154)] 양측이 노무현과 정몽준이 공동유세를 할 때는 단상에는 오직 두 사람 외에 다른 사람은 올라가지 않기로 (노무현에게는 알리지 않은 상태에서) 약속하다.[155)]

○ 12월 18일, 노무현과 정몽준이 같이 서울 전역을 돌며 유세하다.[156)] 오후 햇살이 저물어 가던 무렵 명동에서 공동유세를 하던 도중 노무현이 정동영과 추미애를 단상에 올리다. 저녁, 국민통합21 대변인이 갑자기 기자회견을 열어 단일화 철회를 선언하다.[157)] 정동영 의원은 당사 구석에서 숨도 쉬지 못하고 시간을 보내다.[158)] 정대철 선거대책위원장이 노무현의 손를 끌고 정몽준 대표가 있는 평창동 자택으로 가다. 굳게 닫힌 철문 앞에서 엄동설한 칼바람을 맞으며 기다렸지만 문이 열리지 않아 명륜동 집으로 돌아가다. 간단히 씻고 자리에 누워 아내 권양숙과 이런

152) 『운명이다』 노무현재단 엮음 경기 2010. 돌베개, 196, 360쪽.
153) 『운명이다』 노무현재단 엮음 경기 2010. 돌베개, 199쪽.
154) 『운명이다』 노무현재단 엮음 경기 2010. 돌베개, 199쪽.
155) 『운명이다』 노무현재단 엮음 경기 2010. 돌베개, 199쪽.
156) 『운명이다』 노무현재단 엮음 경기 2010. 돌베개, 200쪽.
157) 『운명이다』 노무현재단 엮음 경기 2010. 돌베개, 200쪽.
158) 『운명이다』 노무현재단 엮음 경기 2010. 돌베개, 200쪽.

저런 이야기를 하다 잠들다.[159]

○ 12월 19일 새벽, 정대철 선대위원장이 여럿을 데리고 집으로 들이닥치다.[160] 새벽 5시 30분, 민주당 기자실에서 누가 썼는지도 모르는 기자회견문을 읽다. 기자회견을 마치고 나오다가 '정몽준, 노무현 버렸다.'라는 제목의《조선일보》1면을 보다.[161] 그 시각 노무현의 지지자들이 동네 아파트단지를 돌며 남의 집 현관에 놓인《조선일보》를 (노무현은 모르는 상태에서) 치우다.[162]

○ 12월 19일 저녁, 노무현 후보가 이회창 후보를 60만 표가 안 되는 차이로 이기고 대한민국 제16대 대통령에 당선되다.[163] 당선이 확정된 직후 민주당사에서 당선자 기자회견을 하고 곧바로 근처에 있던 개혁당 중앙당사를 방문해 특별한 고마움을 전하다. 김영대, 이광철, 유기홍, 김태년, 고은광순, 홍영표, 유시민, 문태룡, 임찬규 등 젊은 활동가들이 만든 개혁당은 정몽준과의 단일화 경쟁에서 이기고 대통령 선거를 치르는 데 큰 힘이 되다.[164]

○ 당선 직후 제주도에 휴가를 갔는데 정동영, 추미애 의원 등

159) 『운명이다』 노무현재단 엮음 경기 2010. 돌베개, 201쪽.
160) 『운명이다』 노무현재단 엮음 경기 2010. 돌베개, 201쪽.
노생 3기가 시작되다. 이 책에서는, 노무현이 살았던 시대를 노생 시대라고 하고, 이를 다시 세분하여 정치입문 진까지를 노생 1기, 대통령 당선 전까지를 노생 2기, 서거까지를 노생 3기라고 하였다. 노생 3기는 다시 세 개의 과정으로 나누어지는데, 대통령 당선에서 취임까지를 3기 1과정, 취임부터 퇴임까지를 3기 2과정, 퇴임부터 서거까지를 3기 3과정이라고 한다. 이를 간단하게 쓸 때는 3.1기, 3.2기, 3.3기라고 하기로 한다.
161) 『운명이다』 노무현재단 엮음 경기 2010. 돌베개, 201쪽.
162) 『운명이다』 노무현재단 엮음 경기 2010. 돌베개, 201쪽.
163) 『운명이다』 노무현재단 엮음 경기 2010. 돌베개, 204, 360쪽.
164) 『운명이다』 노무현재단 엮음 경기 2010. 돌베개, 193쪽.

이 민주당을 깨고 신당을 만든다고 성명을 발표하고 전화를 하
자 민주당 개혁이 먼저라고 하면서 극구 만류하다.[165]

◇ 대한민국 외환보유고 1,234억 달러를 노무현 정부에 넘기다.

58세 (2003, 계미, 노무현 1)

○ 1월 7일, 오전 정부중앙청사 별관 대통령직인수위원회에서
열린 전체회의에서 노무현 당선인이 김병준 정무분과위 간사에
게 엄지손가락을 들어 보이다.[166]

○ 2월 25일, 김대중 대통령이 퇴임하고, 노무현이 대한민국 제
16대 대통령에 취임하여 '참여정부'가 시작되다.[167]

▲Photo from 연합뉴스

○ 원칙과 소신을 지키며 살아 온 유능한 사람들을 국가운영에
참여시키고 싶어서 강금실 변호사를 법무부 장관으로, 이창동 영

---

165) 『운명이다』 노무현재단 엮음 경기 2010. 돌베개, 139쪽.
166) 「노무현을 넘어서야 하는데, 그저 노무현 사진만 앞세우는 것 같이」 유인경 기자
   〈경향신문〉 2013. 2. 16.
167) 『운명이다』 노무현재단 엮음 경기 2010. 돌베개, 360쪽.

화감독을 문화관광부 장관으로, 김두관 남해군수를 행정자치부 장관으로, 지방에서 시민운동을 했던 정찬용 씨를 인사수석에 임명하다.[168]

O 검찰이 여야의 대선자금을 뒤지기 시작해, 한나라당의 '대선 자금 차떼기 사건'이 터져, 측근인 안희정 등 여러 사람이 구속되는 사태가 일어나다. 노무현은 모든 것을 운명에 맡기고 검찰 수사를 지시하지도 가로막지도 않다.[169]

O 8월 15일, 8.15경축사에서 "10년 안에 국민소득 2만 달러 시대에 들어갈 수 있는 토대를 임기 내에 만들겠다."고 말하다.[170]

59세 (2004, 갑신, 노무현 2)

O 2월 4일, 전경련 신춘포럼에 참석하여 연설하다.[171]

O 2월 6일, 구미시 수출 200억 달러 달성 기념행사에 참석하여 연설하다.[172]

O 2월 9일, 2004년 들어 첫 번째 방문한 터키 에르도안 총리를 접견하고 만찬을 같이 하고 만찬사를 하다.[173]

O 2월 20일, 2004 전국 시장·군수·구청장대회에 참석해 모두연설을 하다.[174]

---

168) 『운명이다』 노무현재단 엮음 경기 2010. 돌베개, 141쪽.
169) 『운명이다』 노무현재단 엮음 경기 2010. 돌베개, 207쪽.
170) 『운명이다』 노무현재단 엮음 경기 2010. 돌베개, 209쪽..
171) 『노무현 대통령 연설문집(제2권)』 국정홍보처 엮음 서울 2005. 대통령비서실 33~54쪽.
172) 『노무현 대통령 연설문집(제2권)』 국정홍보처 엮음 서울 2005. 대통령비서실 55~57쪽.
173) 『노무현 대통령 연설문집(제2권)』 국정홍보처 엮음 서울 2005. 대통령비서실, 58~60쪽.
174) 『노무현 대통령 연설문집(제2권)』 국정홍보처 엮음 서울 2005. 대통령비서실, 65~72쪽.

○ 2월 20일, 한국과학기술원(KAIST) 학위수여식에 참석해 연설하다.[175]

○ 2월 20일, 국가사이버안전센터 개소식에 축하 메시지를 보내다.[176]

○ 2월 20일, 취임 1주년 KBS 특별대담 '도올이 만난 대통령'에 나가 김용옥과 대담하다.[177]

○ 2울 23일, 故 김범수 중위 가족에게 위로 서신을 보내다.[178]

○ 2월 26일, 학군사관후보생 제42기 임관식에 참석해 임관식 치사를 하다.[179]

○ 2월 27일, 제40차 한일/일한 협력위원회 합동총회에 메시지를 보내다.[180]

○ 2월 27일, 참여정부 1주년 국제 세미나에 참석해 기조연설을 하다.[181]

○ 2월 28일, 한국방송통신대학교 학위수여식에 참석해 연설하다.[182]

○ 2월 29일, KBS 실업탈출 국민운동본부 격려 메시지를 보내다.[183]

175) 『노무현 대통령 연설문집(제2권)』 국정홍보처 엮음 서울 2005. 대통령비서실, 61~64쪽.
176) 『노무현 대통령 연설문집(제2권)』 국정홍보처 엮음 서울 2005. 대통령비서실, 73~74쪽.
177) 『노무현 대통령 연설문집(제2권)』 국정홍보처 엮음 서울 2005. 대통령비서실, 75~93쪽.
178) 『노무현 대통령 연설문집(제2권)』 국정홍보처 엮음 서울 2005. 대통령비서실, 94쪽
179) 『노무현 대통령 연설문집(제2권)』 국정홍보처 엮음 서울 2005. 대통령비서실, 95~97쪽.
180) 『노무현 대통령 연설문집(제2권)』 국정홍보처 엮음 서울 2005. 대통령비서실, 98~99쪽.
181) 『노무현 대통령 연설문집(제2권)』 국정홍보처 엮음 서울 2005. 대통령비서실, 100~105쪽.
182) 『노무현 대통령 연설문집(제2권)』 국정홍보처 엮음 서울 2005. 대통령비서실, 106~107쪽.
183) 『노무현 대통령 연설문집(제2권)』 국정홍보처 엮음 서울 2005. 대통령비서실, 108.

○ 3월 1일, 제85주년 3.1절 기념사에 참석해 기념사를 하다. [184]

○ 3월 1일, 인천유나이티드 프로축구단 창단 축하 메시지를 보내다. [185]

○ 3월 2일, 세종문화회관 재개관 축하 메시지를 보내다. [186]

○ 3월 9일, 육군사관학교 제60기 졸업 및 임관식에 참석해 임관식 치사를 하다. [187]

○ 3월 10일, 페르손 스웨덴 총리와 함께 오찬을 하며 오찬사를 하다. [188]

◇ 한나라당과 민주당이 함께 대통령 탄핵소추안을 발의하다. [189]

○ 3월 11일, 대선자금 등과 관련한 특별기자회견에서 모두 발언을 하다. [190] 형 노건평 관련 의혹에 대한 기자들의 질문에 대답하는 과정에서 무의식적으로 남상국 대우건설 사장의 실명을 거론하다. [191]

○ 3월 12일, 해군사관학교 제58기 졸업 및 임관식에 참석해 임관식 치사를 하다. [192]

○ 3월 12일 오전 12시경, 경남 창원의 어느 제조업체를 방문

184) 『노무현 대통령 연설문집(제2권)』 국정홍보처 엮음 서울 2005. 대통령비서실, 111~116쪽.
185) 『노무현 대통령 연설문집(제2권)』 국정홍보처 엮음 서울 2005. 대통령비서실, 117~118쪽.
186) 『노무현 대통령 연설문집(제2권)』 국정홍보처 엮음 서울 2005. 대통령비서실, 119
187) 『노무현 대통령 연설문집(제2권)』 국정홍보처 엮음 서울 2005. 대통령비서실, 120~122쪽.
188) 『노무현 대통령 연설문집(제2권)』 국정홍보처 엮음 서울 2005. 대통령비서실, 123~125쪽.
189) 『운명이다』노무현재단 엮음 경기 2010. 돌베개, 236쪽.
190) 『노무현 대통령 연설문집(제2권)』 국정홍보처 엮음 서울 2005. 대통령비서실, 126~130쪽.
191) 『운명이다』노무현재단 엮음 경기 2010. 돌베개, 241쪽.
192) 『노무현 대통령 연설문집(제2권)』 국정홍보처 엮음 서울 2005. 대통령비서실, 131~133쪽.

하던 중, 한나라당과 민주당이 대통령 탄핵소추안을 의결했다는 보고를 받다.[193] 헬기편으로 청와대로 돌아오다. 국무위원들이 마중을 나오다. 국무위원들에게 "아무 일 없는 것처럼 업무에 임하라"고 하다. 고건 총리에게 대통령 권한대행으로서 최선을 다해 줄 것을 부탁하다.[194]

◇ 3월 12일, 이날 밤부터 서울시청 앞에서 촛불집회가 시작되다.[195]

○ 3월 13일, 대통령 직무가 정지되다.[196] 식사시간에 나타나지 않으면 직원들이 계속 기다리기 때문에 세 끼 밥은 제때 먹고 일주일간은 계속 잠만 자다.[197] 일주일 후부터는 다른 할 일이 없어서 밥 먹고 책만 보다.[198]

◇ 4월 2일, 국회가 이라크 파병동의안을 가결하다.

◇ 4월 15일, 제18대 국회의원 선거를 실시하여 열린우리당이 과반수에 턱걸이한 152석을 얻다.

○ 5월 14일, 헌법재판소가 탄핵소추안을 기각하다.[199] 이날까지 노무현은 63일 동안 청와대 관저에 칩거하다.[200]

○ 5월 15일, 업무 복귀에 즈음하여 국민에게 드리는 말씀을 낭독하다.[201]

○ 5월 15일, 스승의 날을 맞이하여 '사랑의 사이버 카네이션'

193) 『운명이다』 노무현재단 엮음 경기 2010. 돌베개, 237, 360쪽.
194) 『운명이다』 노무현재단 엮음 경기 2010. 돌베개, 237쪽.
195) 『운명이다』 노무현재단 엮음 경기 2010. 돌베개, 240쪽.
196) 『운명이다』 노무현재단 엮음 경기 2010. 돌베개, 237쪽.
197) 『운명이다』 노무현재단 엮음 경기 2010. 돌베개, 237쪽.
198) 『운명이다』 노무현재단 엮음 경기 2010. 돌베개, 237쪽.
199) 『운명이다』 노무현재단 엮음 경기 2010. 돌베개, 237, 241, 360쪽.
200) 『운명이다』 노무현재단 엮음 경기 2010. 돌베개, 237쪽.
201) 『노무현 대통령 연설문집(제2권)』 국정홍보처 엮음 서울 2005. 대통령비서실, 137~144쪽.

메시지를 보내다.[202]

○ 5월 17일, 2004 전국중소기업인대회 축하 메시지를 보내다.[203]

○ 5월 18일, 5.18 광주민주화운동 24주년 기념식에 참석해 연설하다.[204]

○ 5월 20일, 열린우리당에 입당하다.[205]

○ 5월 25일, 불기 2548년 부처님 오신 날 봉축 메시지를 전하다.[206]

○ 5월 27일, 연세대학교 초청으로 연세대학교에 나가 연설을 하다.[207]

○ 5월 27일, 미국 전몰 장병 추모 메시지를 보내다.[208]

○ 5월 29일, 2004 전국국민생활체육대축전 축하 메시지를 보내다.[209]

○ 5월 31일, 제9회 바다의 날 축하 메시지를 보내다.[210]

○ 6월 1일, 2004 세계한인회장대회 참가자 초청 다과회에 참석해 발언하다.[211]

202) 『노무현 대통령 연설문집(제2권)』 국정홍보처 엮음 서울 2005. 대통령비서실, 145~146쪽.
203) 『노무현 대통령 연설문집(제2권)』 국정홍보처 엮음 서울 2005. 대통령비서실, 147~148쪽.
204) 『노무현 대통령 연설문집(제2권)』 국정홍보처 엮음 서울 2005. 대통령비서실, 149~151쪽.
205) 『운명이다』 노무현재단 엮음 경기 2010. 돌베개, 361쪽.
206) 『노무현 대통령 연설문집(제2권)』 국정홍보처 엮음 서울 2005. 대통령비서실, 152~153쪽.
207) 『노무현 대통령 연설문집(제2권)』 국정홍보처 엮음 서울 2005. 대통령비서실, 154~168쪽.
208) 『노무현 대통령 연설문집(제2권)』 국정홍보처 엮음 서울 2005. 대통령비서실, 169쪽.
209) 『노무현 대통령 연설문집(제2권)』 국정홍보처 엮음 서울 2005. 대통령비서실, 170~171쪽.
210) 『노무현 대통령 연설문집(제2권)』 국정홍보처 엮음 서울 2005. 대통령비서실, 172~173쪽.
211) 『노무현 대통령 연설문집(제2권)』 국정홍보처 엮음 서울 2005. 대통령비서실, 177~183쪽.

○ 6월 5일, 제9회 환경의 날 축하 메시지를 전하다.[212]

○ 6월 5일, 기아체험 24시간 격려 메시지를 보내다.[213]

○ 6월 6일, 제49회 현충일 추념사를 하다.[214]

○ 6월 7일, 제17대 국회 개원에 참석해 축하 연설을 하다.[215]

○ 6월 8일, 농촌사랑 협력조인식 및 1사1촌 자매결연 발대식에 축하 메시지를 전하다.[216]

○ 6월 8일, KTV 생방송 특급작전 '일자리 팡팡!'에 격려 메시지를 보내다.[217]

○ 6월 9일, 《한국일보》 창간 50주년을 맞아 축하 메시지를 보내다.[218]

○ 6월 10일, 국가정보원 창설 43주년을 맞아 축하 메시지를 보내다.[219]

○ 6월 14일, 세계경제포럼 아시아 원탁회의 참가자를 초청하여 오찬을 같이 하며 발언하다.[220]

◇ 6월 15일, 이날부터 정부 차원의 대북 심리전을 중단하

212) 『노무현 대통령 연설문집(제2권)』 국정홍보처 엮음 서울 2005. 대통령비서실, 184~185쪽.
213) 『노무현 대통령 연설문집(제2권)』 국정홍보처 엮음 서울 2005. 대통령비서실, 186
214) 『노무현 대통령 연설문집(제2권)』 국정홍보처 엮음 서울 2005. 대통령비서실, 187~189쪽.
215) 『노무현 대통령 연설문집(제2권)』 국정홍보처 엮음 서울 2005. 대통령비서실, 190~199쪽.
216) 『노무현 대통령 연설문집(제2권)』 국정홍보처 엮음 서울 2005. 대통령비서실, 200~201쪽.
217) 『노무현 대통령 연설문집(제2권)』 국정홍보처 엮음 서울 2005. 대통령비서실, 202쪽
218) 『노무현 대통령 연설문집(제2권)』 국정홍보처 엮음 서울 2005. 대통령비서실, 203~204쪽.
219) 『노무현 대통령 연설문집(제2권)』 국정홍보처 엮음 서울 2005. 대통령비서실, 205~206쪽.
220) 『노무현 대통령 연설문집(제2권)』 국정홍보처 엮음 서울 2005. 대통령비서실, 207~209쪽.

다.[221]

○ 6월 15일, 6.15공동선언 4주년 기념 국제토론회에 참석하여 축사를 하다.[222]

○ 6월 15일, 직지상 제정 및 직지 세계화 선포식에 축하 메시지를 보내다.[223]

○ 6월 16일, 한국자유총연맹 창립 50주년 축하 메시지를 보내다.[224]

○ 6월 23일, 김선일 씨 사건과 관련한 대국민 담화문을 발표하다.[225]

○ 6월 25일, 제54주년 6.25 참전용사 위로연에 참석해 위로연설을 하다.[226]

○ 6월 28일, 한·일 양국 친선협회 대표단을 초청해 오찬을 함께하며 연설하다.[227]

○ 6월 29일, 서해교전 전몰 장병 2주기 추모식에 추모 메시지를 보내다.[228]

○ 7월 01일, 사회복지사무소 개소식에 축하 메시지를 보내

221) 「북한이 겁내고 중국이 긴장할 한국의 카드는?」 최현묵 기자 『조선일보』2013.2.14
222) 『노무현 대통령 연설문집(제2권)』 국정홍보처 엮음 서울 2005. 대통령비서실, 210~212쪽.
223) 『노무현 대통령 연설문집(제2권)』 국정홍보처 엮음 서울 2005. 대통령비서실, 213~214쪽.
224) 『노무현 대통령 연설문집(제2권)』 국정홍보처 엮음 서울 2005. 대통령비서실, 215~216쪽.
225) 『노무현 대통령 연설문집(제2권)』 국정홍보처 엮음 서울 2005. 대통령비서실, 217~218쪽.
226) 『노무현 대통령 연설문집(제2권)』 국정홍보처 엮음 서울 2005. 대통령비서실, 219~221쪽.
227) 『노무현 대통령 연설문집(제2권)』 국정홍보처 엮음 서울 2005. 대통령비서실, 222~223쪽.
228) 『노무현 대통령 연설문집(제2권)』 국정홍보처 엮음 서울 2005. 대통령비서실, 224~225쪽.

다.[229]

○ 7월 01일, 제9회 여성주간 기념 참여정부 보육비전 선포식
에 메시지를 보내다.[230]

○ 7월 02일, 경희대학교 UN 평화공원 및 NGO단지 착공식에
축하 메시지를 보내다.[231]

○ 7월 5일, 2004년도 제1회 추가경정예산안 제출에 즈음한 국
회 시정연설을 하다.[232]

○ 7월 5일, 외국공무원교육과정 20주년 수료생 초청행사에 축
하 메시지를 보내다.[233]

○ 7월 14일, 국제행정학회 및 국제행정교육기관연합회 공동학
술대회 개막식에 참석해 축사를 하다.[234]

○ 7월 16일, 제35회 국제물리올림피아드 개회식에 참석해 축
사를 하다.[235]

○ 7월 16일,《매경이코노미》창간 25주년 행사에 축하 메시지
를 보내다.[236]

○ 7월 24일, 압둘라 2세 요르단 국왕의 방문을 맞아 만찬을 함

229) 『노무현 대통령 연설문집(제2권)』 국정홍보처 엮음 서울 2005. 대통령비서실,
229~230쪽.
230) 『노무현 대통령 연설문집(제2권)』 국정홍보처 엮음 서울 2005. 대통령비서실,
231~232쪽.
231) 『노무현 대통령 연설문집(제2권)』 국정홍보처 엮음 서울 2005. 대통령비서실,
233쪽.
232) 『노무현 대통령 연설문집(제2권)』 국정홍보처 엮음 서울 2005. 대통령비서실,
234~236쪽.
233) 『노무현 대통령 연설문집(제2권)』 국정홍보처 엮음 서울 2005. 대통령비서실,
237쪽.
234) 『노무현 대통령 연설문집(제2권)』 국정홍보처 엮음 서울 2005. 대통령비서실,
238~241쪽.
235) 『노무현 대통령 연설문집(제2권)』 국정홍보처 엮음 서울 2005. 대통령비서실,
242~244쪽.
236) 『노무현 대통령 연설문집(제2권)』 국정홍보처 엮음 서울 2005. 대통령비서실,
245~246쪽.

께 하며 건배사를 하다.[237]

○ 여름, 한나라당과 대연정을 해서라도 국회의원 선거구제를
바꾸려 시도하다.[238]

○ 7월 27일, 미국 '한국전 참전용사 위로연'에 메시지를 전하
다.[239]

○ 8월 4일, 2004 전국농업경영인대회에 축하 메시지를 전하다.[240]

○ 8월 15일, 제59주년 광복절을 맞아 경축사를 하다.[241]

○ 8월 15일,《농민신문》창간 40주년을 맞아 축하 메시지를
보내다.[242]

○ 8월 17일, 한국기자협회 창립 40주년 기념식에 참석해 축사
를 하다.[243]

○ 8월 20일, 중소기업 新 산학연 협력 선포식에 축하 메시지를
보내다.[244]

○ 8월 23일, 압둘라 말레이시아 총리의 방문을 맞아 만찬을
같이 하는 자리에서 만찬사를 하다.[245]

237) 『노무현 대통령 연설문집(제2권)』 국정홍보처 엮음 서울 2005. 대통령비서실,
247~248쪽.
238) 『운명이다』 노무현재단 엮음 경기 2010. 돌베개, 139쪽.
239) 『노무현 대통령 연설문집(제2권)』 국정홍보처 엮음 서울 2005. 대통령비서실,
249~250쪽.
240) 『노무현 대통령 연설문집(제2권)』 국정홍보처 엮음 서울 2005. 대통령비서실,
253~254쪽.
241) 『노무현 대통령 연설문집(제2권)』 국정홍보처 엮음 서울 2005. 대통령비서실,
255~262쪽.
242) 『노무현 대통령 연설문집(제2권)』 국정홍보처 엮음 서울 2005. 대통령비서실,
263~264쪽.
243) 『노무현 대통령 연설문집(제2권)』 국정홍보처 엮음 서울 2005. 대통령비서실,
265~269쪽.
244) 『노무현 대통령 연설문집(제2권)』 국정홍보처 엮음 서울 2005. 대통령비서실,
270~271쪽.
245) 『노무현 대통령 연설문집(제2권)』 국정홍보처 엮음 서울 2005. 대통령비서실,
272~273쪽.

○ 8월 25일, 독립유공자 초청하여 오찬을 같이 하는 자리에서 모두 발언을 하다.[246]

○ 8월 26일, BBC world 환경 캠페인에 메시지를 보내다.[247]

○ 9월 1일, 국군방송 창설 50주년을 맞이하여 축하 메시지를 보내다.[248]

○ 9월 2일, 2004 충청권 벤처 플라자에 축하 메시지를 보내다.[249]

○ 9월 3일, 디지털 방송 선포식에 참석해 축사를 하다.[250]

○ 9월 5일, MBC 시사매거진 2580 특별대담에 나가 엄기영·김은혜 앵커와 대담하다.[251]

○ 9월 6일, ITU 텔레콤 아시아 2004 개막식에 참석해 축사하다.[252]

○ 9월 6일, 한국 불교 태고종 제17세 종정 혜초 큰스님 추대법회에 축하 메시지를 보내다.[253]

○ 9월 7일, 제5회 중소기업 기술혁신대전에 참석해 축사하다.[254]

246) 『노무현 대통령 연설문집(제2권)』 국정홍보처 엮음 서울 2005. 대통령비서실, 274~276쪽.
247) 『노무현 대통령 연설문집(제2권)』 국정홍보처 엮음 서울 2005. 대통령비서실, 277쪽.
248) 『노무현 대통령 연설문집(제2권)』 국정홍보처 엮음 서울 2005. 대통령비서실, 281~282쪽.
249) 『노무현 대통령 연설문집(제2권)』 국정홍보처 엮음 서울 2005. 대통령비서실, 283~284쪽.
250) 『노무현 대통령 연설문집(제2권)』 국정홍보처 엮음 서울 2005. 대통령비서실, 285~287쪽.
251) 『노무현 대통령 연설문집(제2권)』 국정홍보처 엮음 서울 2005. 대통령비서실, 288~307쪽.
252) 『노무현 대통령 연설문집(제2권)』 국정홍보처 엮음 서울 2005. 대통령비서실, 308~310쪽.
253) 『노무현 대통령 연설문집(제2권)』 국정홍보처 엮음 서울 2005. 대통령비서실, 311쪽.
254) 『노무현 대통령 연설문집(제2권)』 국정홍보처 엮음 서울 2005. 대통령비서실, 312~313쪽.

○ 9월 8일, 제39회 전국기능경기대회에 축하 메시지를 전하
다.[255]

○ 9월 10일, 2004 광주비엔날레 개막식에 참석하여 축사하
다.[256]

○ 9월 14일, 제7차 세계국가인권기구대회에 참석해 축사하
다.[257]

○ 9월 15일, 대한민국 임시정부 기념사업회 창립총회에 축하
메시지를 보내다.[258]

○ 9월 16일, 제6회 지방의제21 전국대회에 축하 메시지를 보
내다.[259]

○ 9월 17일, 농어촌사랑 국회장터에 축하 메시지를 보내
다.[260]

○ 9월 18일, 2004 세계한민족축전에 축하 메시지를 보내
다.[261]

○ 9월 20일, 카자흐스탄을 국빈 방문하여 나자르바예프 대통
령 내외와 오찬하는 자리에서 답사를 하다.[262]

255) 『노무현 대통령 연설문집(제2권)』 국정홍보처 엮음 서울 2005. 대통령비서실,
314~315쪽.
256) 『노무현 대통령 연설문집(제2권)』 국정홍보처 엮음 서울 2005. 대통령비서실,
316~318쪽.
257) 『노무현 대통령 연설문집(제2권)』 국정홍보처 엮음 서울 2005. 대통령비서실,
319~321쪽.
258) 『노무현 대통령 연설문집(제2권)』 국정홍보처 엮음 서울 2005. 대통령비서실,
322~323쪽.
259) 『노무현 대통령 연설문집(제2권)』 국정홍보처 엮음 서울 2005. 대통령비서실,
324~325쪽.
260) 『노무현 대통령 연설문집(제2권)』 국정홍보처 엮음 서울 2005. 대통령비서실,
326쪽.
261) 『노무현 대통령 연설문집(제2권)』 국정홍보처 엮음 서울 2005. 대통령비서실,
327~328쪽.
262) 『노무현 대통령 연설문집(제2권)』 국정홍보처 엮음 서울 2005. 대통령비서실,
329~330쪽.

○ 9월 21일, 러시아를 국빈 방문하여 푸틴 대통령 내외가 주최하는 만찬에 참석해 만찬답사하다.[263]

○ 9월 22일, 모스크바대학교 초청으로 방문하여 연설하다.[264]

○ 9월 22일, 러시아 방문기간중 한·러 경제인을 위한 오찬 자리에서 연설하다.[265]

○ 9월 25일, 민족의 명절 추석을 맞이하여 귀향 메시지를 전하다.[266]

◇ 이라크에 국군을 파병하다.

○ 9월 28일, 자이툰 부대장병에게 격려 메시지를 보내다.[267]

○ 9월 28일, 아테네 장애인 올림픽 대표선수단에게 격려 메시지를 보내다.[268]

○ 10월 1일, 제56주년 국군의 날 기념식에 참석하여 기념사를 하다.[269]

○ 10월 4일, 제8회 노인의 날을 맞이하여 축하 메시지를 전하다.[270]

○ 10월 8일, 광주문화방송 창사 40주년을 맞이하여 축하 메시

263) 『노무현 대통령 연설문집(제2권)』 국정홍보처 엮음 서울 2005. 대통령비서실, 331~333쪽.
264) 『노무현 대통령 연설문집(제2권)』 국정홍보처 엮음 서울 2005. 대통령비서실, 334~338쪽.
265) 『노무현 대통령 연설문집(제2권)』 국정홍보처 엮음 서울 2005. 대통령비서실, 339~342쪽.
266) 『노무현 대통령 연설문집(제2권)』 국정홍보처 엮음 서울 2005. 대통령비서실, 3436~344쪽.
267) 『노무현 대통령 연설문집(제2권)』 국정홍보처 엮음 서울 2005. 대통령비서실, 345~346쪽.
268) 『노무현 대통령 연설문집(제2권)』 국정홍보처 엮음 서울 2005. 대통령비서실, 347쪽.
269) 『노무현 대통령 연설문집(제2권)』 국정홍보처 엮음 서울 2005. 대통령비서실, 351~353쪽.
270) 『노무현 대통령 연설문집(제2권)』 국정홍보처 엮음 서울 2005. 대통령비서실, 354쪽.

지를 보내다.[271]

○ 10월 10일, 베트남에서, 베트남의 르엉 주석과 2시간 동안 만나 양국관계에 대해 논의하고, 한·베트남 경제인 초청으로 점심을 같이 하며 연설하다. 또한 쩐 득 르엉 베트남 주석 내외가 주최하는 만찬에 참석해 답사하다.[272]

○ 10월 11일, 호치민시 인민위원장이 주최하는 만찬에 참석해 답사하다.[273]

○ 10월 12일, 제5회 세계지식포럼 축하 메시지를 보내다. 또한 《한국경제신문》 창간 40주년 축하 메시지를 전하다.[274]

○ 10월 14일, 해외민주인사를 초청하여 다과를 같이 하다.[275]

○ 10월 16일, 부마민주항쟁 25주년 기념식에 기념식 메시지를 전하다.[276]

○ 10월 19일, 《시사저널》 창간 15주년 기념 특별 기고하다.[277]

○ 10월 21일, 제59주년 경찰의 날 기념식에 참여하다.[278]

○ 10월 25일, 제250회 정기국회에서 시정연설하다.[279]

271) 『노무현 대통령 연설문집(제2권)』 국정홍보처 엮음 서울 2005. 대통령비서실, 355쪽
272) 『노무현 대통령 연설문집(제2권)』 국정홍보처 엮음 서울 2005. 대통령비서실, 356~361쪽.
273) 『노무현 대통령 연설문집(제2권)』 국정홍보처 엮음 서울 2005. 대통령비서실, 362~363쪽.
274) 『노무현 대통령 연설문집(제2권)』 국정홍보처 엮음 서울 2005. 대통령비서실, 364~367쪽.
275) 『노무현 대통령 연설문집(제2권)』 국정홍보처 엮음 서울 2005. 대통령비서실, 368~371쪽.
276) 『노무현 대통령 연설문집(제2권)』 국정홍보처 엮음 서울 2005. 대통령비서실, 372~373쪽.
277) 『노무현 대통령 연설문집(제2권)』 국정홍보처 엮음 서울 2005. 대통령비서실, 374~378쪽.
278) 『노무현 대통령 연설문집(제2권)』 국정홍보처 엮음 서울 2005. 대통령비서실, 379~382쪽.
279) 『노무현 대통령 연설문집(제2권)』 국정홍보처 엮음 서울 2005. 대통령비서실, 383~397쪽.

O 10월 27일, 제3차 세계한상대회에 축하 메시지를 보내다.[280]

O 10월 28일, 국제백신연구소 건물 제공식에 참석하다.[281]

O 10월 29일, 광양항 2단계 2차 컨테이너부두 준공식에 참석하다.[282] 갑종장교 호국탑 제막식에 메시지를 전하다.[283]

O 10월 30일, 정부혁신 장·차관 워크숍에 참석하다.[284]

O 11월 3일, 외국인투자기업 CEO 주최 만찬에 참석하다.[285]

O 11월 4일, 한미 연합군사령부 창설 26주년 축하 메시지를 전하다.[286]

O 11월 7일, 대한약사회 창립 50주년 축하 메시지를 보내다.[287]

O 11월 11일, 제1회 지역혁신박람회 개막식에 참석하다.[288] 제9회 농업인의 날 축하 메시지를 보내다.[289] 열린우리당 창당 1주년 축하 메시지를 보내다.[290] 부산인적자원개발원 창립 축하

280) 『노무현 대통령 연설문집(제2권)』 국정홍보처 엮음 서울 2005. 대통령비서실, 398~399쪽.
281) 『노무현 대통령 연설문집(제2권)』 국정홍보처 엮음 서울 2005. 대통령비서실, 400~401쪽.
282) 『노무현 대통령 연설문집(제2권)』 국정홍보처 엮음 서울 2005. 대통령비서실, 402~404쪽.
283) 『노무현 대통령 연설문집(제2권)』 국정홍보처 엮음 서울 2005. 대통령비서실, 405
284) 『노무현 대통령 연설문집(제2권)』 국정홍보처 엮음 서울 2005. 대통령비서실, 406~409쪽.
285) 『노무현 대통령 연설문집(제2권)』 국정홍보처 엮음 서울 2005. 대통령비서실, 413~416쪽.
286) 『노무현 대통령 연설문집(제2권)』 국정홍보처 엮음 서울 2005. 대통령비서실, 417
287) 『노무현 대통령 연설문집(제2권)』 국정홍보처 엮음 서울 2005. 대통령비서실, 418
288) 『노무현 대통령 연설문집(제2권)』 국정홍보처 엮음 서울 2005. 대통령비서실, 419~421쪽.
289) 『노무현 대통령 연설문집(제2권)』 국정홍보처 엮음 서울 2005. 대통령비서실, 422~423쪽.
290) 『노무현 대통령 연설문집(제2권)』 국정홍보처 엮음 서울 2005. 대통령비서실, 424~425쪽.

메시지를 보내다.[291]

○ 11월 12일, 미국 방문기간 중, 국제문제협의회(WAC)가 주최하는 오찬에 참석하다.[292] 로스앤젤레스 시장 주최 만찬에 참석하다.[293]

○ 11월 15일, 아르헨티나 방문 중, 한·아르헨티나 경제인 초청 오찬에 참석하다.[294] 키르츠네르 아르헨티나 대통령 내외 주최 만찬에 참석하다.[295]

○ 11월 16일, 브라질 방문 중, 룰라 브라질 대통령 내외 주최 만찬에 참석하다.[296]《국방일보》창간 40주년 축하 메시지를 전하다.[297]

○ 11월 18일, 한·브라질 기업인 간담회에 참석하다.[298] 상파울루 주지사 내외 주최 만찬에 참석하다.[299] 목포 신외항 다목적부두 준공 축하 메시지를 전하다.[300] 민족문학작가회의 창립 30주년 축하 메시지를 전하다.[301] 석주 큰스님 조의 메시지를

291) 『노무현 대통령 연설문집(제2권)』 국정홍보처 엮음 서울 2005. 대통령비서실, 426~427쪽.
292) 『노무현 대통령 연설문집(제2권)』 국정홍보처 엮음 서울 2005. 대통령비서실, 428~432쪽.
293) 『노무현 대통령 연설문집(제2권)』 국정홍보처 엮음 서울 2005. 대통령비서실, 433~434쪽.
294) 『노무현 대통령 연설문집(제2권)』 국정홍보처 엮음 서울 2005. 대통령비서실, 435~437쪽.
295) 『노무현 대통령 연설문집(제2권)』 국정홍보처 엮음 서울 2005. 대통령비서실, 438~439쪽.
296) 『노무현 대통령 연설문집(제2권)』 국정홍보처 엮음 서울 2005. 대통령비서실, 440~441쪽.
297) 『노무현 대통령 연설문집(제2권)』 국정홍보처 엮음 서울 2005. 대통령비서실, 450
298) 『노무현 대통령 연설문집(제2권)』 국정홍보처 엮음 서울 2005. 대통령비서실, 442~445쪽.
299) 『노무현 대통령 연설문집(제2권)』 국정홍보처 엮음 서울 2005. 대통령비서실, 446~447쪽.
300) 『노무현 대통령 연설문집(제2권)』 국정홍보처 엮음 서울 2005. 대통령비서실, 451~452쪽.
301) 『노무현 대통령 연설문집(제2권)』 국정홍보처 엮음 서울 2005. 대통령비서실, 453~454쪽.

전하다.[302)

○ 11월 19일, 2004 전국재래시장박람회 축하 메시지를 전하다.[303)

○ 11월 20일, 칠레 방문 중, 라고스 칠레 대통령 내외 주최 오
찬에 참석하다.[304)

○ 11월 22일, 제41주년 경우의 날 축하 메시지를 전하다.[305)

○ 11월 25일, 영국 FIRST지에 메시지를 보내다.[306)

○ 11월 26일, 제41회 무역의 날 기념식에 참석하다.[307)

○ 11월 28일, 라오스 방문 중, 한 · 라오스 직업훈련원 준공식
에 참석하다.[308)

○ 12월 1일, 영국 방문 중, 엘리자베스 2세 영국 여왕이 주최
하는 만찬에 참석하다.[309)

○ 12월 2일, 한 · 영 산업기술협력포럼 개막식에 참석하
다.[310) 런던 시장 주최 만찬에 참석하다.[311)

○ 12월 3일, 폴란드 방문 중, 크바시니예프스키 폴란드 대통령

302) 『노무현 대통령 연설문집(제2권)』 국정홍보처 엮음 서울 2005. 대통령비서실,
455쪽.
303) 『노무현 대통령 연설문집(제2권)』 국정홍보처 엮음 서울 2005. 대통령비서실,
456~457쪽.
304) 『노무현 대통령 연설문집(제2권)』 국정홍보처 엮음 서울 2005. 대통령비서실,
448~449쪽.
305) 『노무현 대통령 연설문집(제2권)』 국정홍보처 엮음 서울 2005. 대통령비서실,
458~459쪽.
306) 『노무현 대통령 연설문집(제2권)』 국정홍보처 엮음 서울 2005. 대통령비서실,
460~461쪽.
307) 『노무현 대통령 연설문집(제2권)』 국정홍보처 엮음 서울 2005. 대통령비서실,
462~465쪽.
308) 『노무현 대통령 연설문집(제2권)』 국정홍보처 엮음 서울 2005. 대통령비서실,
466~467쪽.
309) 『노무현 대통령 연설문집(제2권)』 국정홍보처 엮음 서울 2005. 대통령비서실,
471~473쪽.
310) 『노무현 대통령 연설문집(제2권)』 국정홍보처 엮음 서울 2005. 대통령비서실,
474~476쪽.
311) 『노무현 대통령 연설문집(제2권)』 국정홍보처 엮음 서울 2005. 대통령비서실,
477~481쪽.

내외 주최의 만찬에 참석하다.[312] 2004 전국자원봉사자대회에
축하 메시지를 보내다.[313]

○ 12월 4일, 한·폴란드 경제인 초청 오찬에 참석하다.[314] 숭
산 큰스님 조의 메시지를 보내다.[315] 희망 2005 이웃사랑캠페인
에 메시지를 보내다.[316]

○ 12월 6일, 프랑스 방문 중, 시라크 프랑스 대통령 내외 주최
오찬에 참석하다.[317] 소르본느대학 초청으로 소르본느대학에서
'EU 통합과 동북아 시대' 라는 주제로 연설하다.[318] 라파랭 프
랑스 총리 주최 만찬에 참석하다.[319]

○ 12월 7일, 프랑스 경제인연합회 주최 조찬에 참석하다.[320]

○ 12월 8일, 드브레 프랑스 하원의장 주최 리셉션에 참석하
다.[321] 2004 전국새마을지도자대회에 축하 메시지를 보내다.[322]

○ 12월 10일, 한국공인회계사회 창립 50주년 축하 메시지를

312) 『노무현 대통령 연설문집(제2권)』 국정홍보처 엮음 서울 2005. 대통령비서실,
    482~483쪽.
313) 『노무현 대통령 연설문집(제2권)』 국정홍보처 엮음 서울 2005. 대통령비서실,
    503~504쪽.
314) 『노무현 대통령 연설문집(제2권)』 국정홍보처 엮음 서울 2005. 대통령비서실,
    484~486쪽.
315) 『노무현 대통령 연설문집(제2권)』 국정홍보처 엮음 서울 2005. 대통령비서실,
    505쪽.
316) 『노무현 대통령 연설문집(제2권)』 국정홍보처 엮음 서울 2005. 대통령비서실, 506
317) 『노무현 대통령 연설문집(제2권)』 국정홍보처 엮음 서울 2005. 대통령비서실,
    487~488쪽.
318) 『노무현 대통령 연설문집(제2권)』 국정홍보처 엮음 서울 2005. 대통령비서실,
    489~493쪽.
319) 『노무현 대통령 연설문집(제2권)』 국정홍보처 엮음 서울 2005. 대통령비서실,
    494~495쪽.
320) 『노무현 대통령 연설문집(제2권)』 국정홍보처 엮음 서울 2005. 대통령비서실,
    496~500쪽.
321) 『노무현 대통령 연설문집(제2권)』 국정홍보처 엮음 서울 2005. 대통령비서실,
    501~502쪽.
322) 『노무현 대통령 연설문집(제2권)』 국정홍보처 엮음 서울 2005. 대통령비서실,
    507~508쪽.

보내다.[323]

○ 12월 13일, 기독교 선교 120주년 기념 한국 교회의 밤에 축하 메시지를 보내다.[324]

○ 12월 14일, CBS 창사 50주년 기념식에 참석하다.[325]

○ 12월 15일, 중부내륙고속도로 개통식에 참석하다.[326]

○ 12월 31일, 제1회 청소년 특별회의 참가자에게 서신을 보내다.[327]

60세 (2005, 을유, 노무현 3)

○ 1월 1일, 2005년 새해 신년사를 하다.[328]

○ 1월 13일, 2005년 신년기자회견에 참석해 모두연설하고 질문에 답변하다.[329]

○ 1월 27일, 2005 한 · 일 우정의 해 개막식에 참석하다.[330]

○ 1월 28일, 지방공기업 경영혁신대회에 축하 메시지를 보내다.[331]

○ 7월, 대화와 타협의 정치문화를 위한 선거구제 개편과 함께

323) 『노무현 대통령 연설문집(제2권)』 국정홍보처 엮음 서울 2005. 대통령비서실, 509
324) 『노무현 대통령 연설문집(제2권)』 국정홍보처 엮음 서울 2005. 대통령비서실, 510쪽
325) 『노무현 대통령 연설문집(제2권)』 국정홍보처 엮음 서울 2005. 대통령비서실, 511~515쪽.
326) 『노무현 대통령 연설문집(제2권)』 국정홍보처 엮음 서울 2005. 대통령비서실, 516~518쪽
327) 『노무현 대통령 연설문집(제2권)』 국정홍보처 엮음 서울 2005. 대통령비서실, 519~520쪽.
328) 『노무현 대통령 연설문집(제2권)』 국정홍보처 엮음 서울 2005. 대통령비서실, 523~524쪽.
329) 『노무현 대통령 연설문집(제2권)』 국정홍보처 엮음 서울 2005. 대통령비서실, 525~550쪽.
330) 『노무현 대통령 연설문집(제2권)』 국정홍보처 엮음 서울 2005. 대통령비서실, 551~552쪽.
331) 『노무현 대통령 연설문집(제2권)』 국정홍보처 엮음 서울 2005. 대통령비서실, 553~554쪽.

대연정을 공식 제안하다.[332]

◇ APEC 정상회의를 개최하다.

61세 (2006, 병술, 노무현 4)

○ 2006년 4월 27일, 경기도 파주 LG필립스 LCD(2018년 현재, LG 디스플레이) 파주공장 준공식에 참석하다. 당시 경기도 지사가 손학규이다. 경기도가 펴낸 '파주 LCD 지방산업단지 조성사업개발 백서'는 "각종 규제를 완화하고 도로 및 교통 개선 등 지원 덕분에 LG디스플레이는 통상 4년 이상 걸리는 산업단지 조성을 2년여 만에 마무리했다"고 평가했다. 2003년 24만 명이던 파주 인구는 지난해 45만 명으로 늘었고 세수 증대 등 경제적 효과를 톡톡히 봤다. 2009년 4분기 LG디스플레이가 LCD 출하량을 기준으로 일본과 대만 업체를 제치고 글로벌 1위 기업으로 발돋움한 배경에는 노무현 정부의 규제개혁 노력이 있었던 셈이다.[333]

○ 한미 자유무역협정(FTA) 협상을 시작하다.[334]

○ 8월, '국가비젼 2030'을 발표하다.[335]

◇ 수출 300억 달러를 달성하다.

62세 (2007, 정해, 노무현 5)

○ 2월, 당의 요구로 열린우리당에서 탈당하다.[336] 열린우리

332) 『운명이다』 노무현재단 엮음 경기 2010. 돌베개, 361쪽.
333) 「노무현 정부의 결단… 수도권 규제 넘어선 '파주 LCD 단지'」고재연 기자.『한국경제』2018. 8. 12.
334) 『운명이다』 노무현재단 엮음 경기 2010. 돌베개, 361쪽.
335) 『운명이다』 노무현재단 엮음 경기 2010. 돌베개, 361쪽.
336) 『운명이다』 노무현재단 엮음 경기 2010. 돌베개, 361쪽.

당이 대통합결의대회를 했을 때, 유시민 장관이 열린우리당 사수파를 모아 당을 지키고 재창당을 하겠다고 주장하는 것을 말려 억지로 협력하게 하다.[337]

○ 6월 1일, 대통령 비서실에서 『있는 그대로, 대한민국』을 출간하다.[338]

○ 9월, 대통령 비서실에서 『한국정치, 이대로는 안 된다』를 출간하다.[339]

○ 10월, 평양을 방문하여 제2차 남북정상회담을 개최하고 10.4공동선언을 발표하다.[340]

◇ 대한민국 국민소득이 2만 1,695달러가 되다.

◇ 대한민국 외환보유고 2,620억 달러를 이명박 정부에 넘기다.

63세 (2008, 무자, 이명박 1)

○ 1월, 대한민국 최고훈장인 '무궁화대훈장'을 받다.[341]

○ 2월 25일, 노무현 대통령이 퇴임하고,[342] 이명박이 대한민국 제17대 대통령에 취임하여 '이명박 정부'가 시작되다. 퇴임한 노무현은 고향 봉하마을로 돌아가다.[343]

○ 봉하마을에서 생태농업과 하천습지 복원, 숲가꾸기 등 살기 좋은 마을 만들기 프로젝트를 시작하다.[344]

---

337) 『운명이다』 노무현재단 엮음 경기 2010. 돌베개, 139쪽.
338) 『운명이다』 노무현재단 엮음 경기 2010, 돌베개, 212, 214, 361쪽.
339) 『운명이다』 노무현재단 엮음 경기 2010. 돌베개, 361쪽.
340) 『운명이다』 노무현재단 엮음 경기 2010. 돌베개, 361쪽.
341) 「셀프 사면 이어… MB 부부 셀프 훈장 받는다」 안창현 기자 2013.2.12 『한겨레』
342) 노생 3기 3과정이 시작되다.
343) 『운명이다』 노무현재단 엮음 경기 2010. 돌베개, 361쪽.
344) 『운명이다』 노무현재단 엮음 경기 2010. 돌베개, 361쪽.

○ 10월, 10.4 선언 1주년 기념식에 참석해 강연하다.[345)]

○ 11월, 봉하 집 회의실에서 모교인 개성고등하교(전 부산상고) 학생들과 인터뷰를 하고 이것이 교지 『백양白楊』 제62호에 실리다.[346)]

○ 12월 5일, 봉하 방문객에게 마지막 인사를 하고 칩거하며 '진보주의' 연구와 회고록 준비를 시작하다.[347)]

64세 (2009, 기축, 이명박 2)

○ 4월 30일, 검찰에 출두하다.[348)]

○ 5월 23일, 서거하다.[349)]

○ 5월 29일, 경복궁 앞뜰에서 국민장으로 영결식이 개최되다. 영결식에서 이명박 대통령 부부가 헌화하러 나가는 순간 민주통합당의 백원우 의원이 "(노무현 대통령에게) 사죄하라, 어디서 분향을 해"라고 외치다. 이후 백의원은 '장례식 방해 혐의'로 재판을 받게 되다.[350)]

○ 7월 10일, 봉하마을에 안장되다.[351)]

○ 9월 23일, '사람사는 세상 노무현재단'이 출범하다.[352)]

○ 9월 24일, 옛 집터에 생가가 복원되다.[353)]

345) 『운명이다』 노무현재단 엮음 경기 2010. 돌베개, 361쪽.
346) 『운명이다』 노무현재단 엮음 경기 2010. 돌베개, 53쪽.
347) 『운명이다』 노무현재단 엮음 경기 2010. 돌베개, 361쪽.
348) 『운명이다』 노무현재단 엮음 경기 2010. 돌베개, 361쪽.
349) 『운명이다』 노무현재단 엮음 경기 2010. 돌베개, 361쪽.
350) 「노무현 영결식서 MB에 사죄요구, 백원우 무죄」 신종철 기자 『오마이뉴스』 2013.2.14.
351) 『운명이다』 노무현재단 엮음 경기 2010. 돌베개, 361쪽.
352) 『운명이다』 노무현재단 엮음 경기 2010. 돌베개, 361쪽.
353) 『운명이다』 노무현재단 엮음 경기 2010. 돌베개, 361쪽.

노노 1 (2010, 경인, 이명박 3)[354)]

○

노노 2 (2011, 신묘, 이명박 4)

○ 4월, 자서전『운명이다』가 출간되다.[355)]

노노 3 (2012, 임진, 이명박 5)

○

노노 4 (2013, 계사, 박근혜 1)

○ 2월 14일, 2009년 5월 29일, 경복궁 앞뜰에서 국민장으로 영결식이 개최되었을 때, 이명박 대통령 부부가 헌화하러 나가는 순간 민주통합당 백원우 의원이 "(노무현 대통령에게) 사죄하라, 어디서 분향을 해"라고 외쳤고 이후 백 의원은 '장례식방해 혐의'로 재판을 받았는데, 2013년 2월 14일, 대법원 재판부는 '사죄하라, 어디서 분향을 해'라고 소리를 지른 것은 고인에 대한 추모의 감정을 자기 나름의 방식으로 표출하고자 한 것이고, 장례식이 고인의 죽음을 애도하는 의식이라는 점을 감안할 때 '경건하고 엄숙한 집행'이 반드시 구체적인 절차에 참석한 사람들이 계속 침묵을 지켜야 한다는 의미로 볼 수는 없다면서 무죄를 판결하다. 백원우는 대법원에서 무죄가 확정된 후, 자신의 트위터에 "2009년 영결식장에서 있었던 사건. 오늘 장례 방해죄 무죄

354) '노노'는 '노무현 없는 노무현 시대'를 줄인 말이다. 노노는 노무현 사후를 의미하는 노후와 다른 말이다.
355)『운명이다』, 노무현재단 엮음 경기 2010. 돌베개, 361쪽.

가 확정되었습니다. 하늘에서 보고 계실 것 같습니다. 저녁에 술
한 잔 해야겠습니다."라고 올리다.³⁵⁶⁾

○ 2월 25일, 이명박 대통령이 퇴임하고, 박근혜가 대한민국 제
18대 대통령에 취임하여 '박근혜 정부'가 시작되다. 취임식에서
가수 싸이(박재상)가 노래를 부르다.³⁵⁷⁾

노노 5 (2014, 갑오, 박근혜 2)

○

노노 6 (2015, 을미, 박근혜 3)

○

노노 7 (2016, 병신, 박근혜 4)

○

노노 8 (2017, 정유, 박근혜 5, 문재인 1, 순례 1)

◇ 3월 10일, 탄핵되었던 박근혜 대통령이 헌법재판소의 판결
에 의해 파면되다.

◇ 5월 9일, 대통령 선거에서 문재인 후보가 41.1%를 득표해
대통령에 당선되다.

♡ 5월 1일~5월 20일, 깨시국이 주관한 노무현 순례길 제1기가

<hr>

356) 「노무현 영결식서 MB에 사죄 요구, 백원우 무죄」 신종철 기자〈 오마이뉴스〉
2013.2.14.
357) 「'취임식', 싸이의 '강남스타일'에 7만여 명이 들썩」 최보윤 기자,〈 조선일보〉
2013. 2. 25.

서울 광화문에서 경남 봉하까지 릴레이 20일간의 행사를 별다른 사고없이 잘 마무리하고, 봉하 묘역에 참배하다.[358]

◇ 5월 10일, 문재인이 대한민국 제19대 대통령에 취임하다.[359]

○ 5월 23일, 노무현 대통령 서거 9주기 추모식이 봉하 묘역에서 거행되다.

358) 노무현 순례길 1기는 5월 1일 광화문을 출발해 5월 20일 노무현 대통령 묘역에 도착하는 20일 간의 여정이었다. 이후 노무현 순례길 2기에서는 5월 23일 추모식 전날인 22일까지, 이틀 연장하여 22구간이 되었다.
359) 사진 출처: 위키백과 https://ko.wikipedia.org

노노 9 (2018, 무술, 문재인 2, 순례 2)

◇ 4월 27일, 문재인 대통령이 북한의 김정은 국무위원장과 남북 정상회담을 하다. [360]

○ 5월 1일~5월 22일, 깨시국이 주관한, 노무현 순례길 제2기가 서울 광화문에서 경남 봉하까지 릴레이 22일간의 행사를 별다른 사고없이 잘 마무리하고, 봉하 묘역에 참배하다. [361]

◀Photo by 윤치호

360) 사진 출처: 위키백과 https://ko.wikipedia.org
361) 노무현 순례길 봉하 가는 길을 처음 기획한 사람은 깨시국 대표 이강옥(李康玉)이다. 그는 네이버 밴드에 깨시국을 만든 다음, 노무현 순례길 제1기 행사에 직접 참여하여 20일 동안, 전 구간을 직접 걸으며 노무현 순례길을 개척하였다. 이후 노무현 순례길 제2기에서는 22개 구간이 되었는데, 노무현 순례길은 노무현 전 대통령이 서거하고 이승에서 마지막으로 지나간 궤적을 따라, 서울 광화문부터 경남 봉하 묘역까지 22개 구간을 릴레이로 걸어가는 대한민국 최고의 순례길이자 행위예술이라는 평을 받고 있다. 깨시국에는 두 가지 뜻이 있는데, 첫째는 '깨어 있는 시민들의 나라' 라는 의미이고, 둘째는 '깨어 있는 시민들의 국토대장정' 이라는 의미이다.

▲Photo by 윤치호

○ 5월 23일, 노무현 대통령 서거 9주기 추모식이 3,000명 정도 참가한 가운데 봉하 묘역에서 거행되다.

노노 10 (2019, 기해, 문재인 3, 순례 3)

♡ 5월 1일~5월 22일, 주최하고, 노무현 순례길 제3기가 주관하는, 서울 광화문에서 경남 봉하까지 22일간 펼쳐지는 대한민국 최고의 순례길 행사가 예고된 상태이다.

▶Photo by 윤치호

에필로그

2013년 새해, 여의도에서 지인을 만나 저녁을 같이 했다. 서로 덕 담이 오가고 새누리당이 승리하고 민주당이 패한 것에 대해 소소하 게 이야기를 주고받았다. 이야기 말미에 지인이 "대선을 분석하여 글 하나 써 보는게 어떻겠냐!!"고 저자에게 이야기하였다.

"인물에 대해서라면 모를까 대선의 승리와 패배에 대한 분석은 전문가들이 하는 것이 맞다!!"고 대답했더니 다짜고짜 "그럼 박정희 와 노무현에 대해 한번 써보라!!"고 했다.

그럼 누구를 먼저 쓰면 좋겠냐고 했더니, 한참 생각하다가 "노무 현 전 대통령이 5월에 서거하셨으니 그때까지 먼저 노무현 대통령에 대해 쓰고, 박정희 대통령은 그 이후에 쓰는 것이 어떠냐!!"라고 해 서 대수롭지 않게 그러겠노라고 했는데 어느덧 6년이라는 세월이 흘 렀다.

그동안 몇 번을 시도했으나, 이 책 제2장 '2. 내 마음속으로 걸어 들 어가는 길'에 있는 이유로 인해, 노무현 대통령이 다른 대통령들과 무 엇이 다른지 알 수 없어 제자리를 맴돌았는데, 깨시국과 인연이 되어 노무현 순례길 제2기 제5구간의 순례객이 되었으며, 아울러 네이버 밴 드의 '깨어 있는 시민들의 국토대장정'에 여러 번 글을 올리게 되었

다.[362]

이제 그 글들을 모아 하나의 책으로 묶어 내니 기쁘고, 지인과의 약속을 지킬 수 있어서 큰 짐을 내려놓은 기분이다.

이 책을 원고 작업 중에 보신 몇몇 분들이, "기존에 출간된 노무현 관련 책과 비슷하지 않고 겹치지 않아서 참 좋았다."라는 말들을 전해왔는데, 그 말은 이 책을 내는데 적지 않은 자신감을 주었다는 말과 함께 고맙다는 말을 남기며 줄인다.

2019년 2월 하순

김포 미인도서관에서

저자 삼가 씀

◀Photo by 오미경

---

362) 노무현 순례길은 다른 대통령들과 분명 다른 문화현상이다. 더군다나 노무현 순례길 제17구간에 신혼여행을 왔던 신혼부부는 감동 그 자체였다. 과연 대한민국 대통령 중에서, 사후에 이런 대우를 받는 분이 있는지, 또 있을지 궁금하다.

참고 문헌

123

『10명의 사람이 노무현을 말하다』 이해찬 외, 서울 2010 오마이북.

『2009년 5월』 김정은, 서울 2011 웅진지식하우스.

가

『고마워요 미안해요 일어나요』 정희성 외, 서울 2009 화남.

『국민만 섬긴 바보 대통령 노무현』 심상우, 경기 2010 하늘을 나는 교실.

『굿바이 노무현』 진성호, 서울 2008 마고북스.

『김구에서 노무현까지』 박승오, 서울 2009 온북스.

나

『내가 노무현보다 대통령을 더 잘할 수 있는 29가지 이유』 조희천, 서울 2004 도서출판 사람과사람.

『노무현 경제, 속지 않고 읽는 법 미끼경제』 김종찬, 서울 2003 새로운사람들.

『노무현과 국민사기극』 강준만, 서울 2001 인물과사상사.

『노무현과 서프라이즈 세상을 바꾼 드라마』 서프라이즈 검객들, 서울 2003 시대의창.

『노무현과 자존심』 강준만, 서울 2002 인물과 사상사.

『노무현과 클린턴의 탄핵 정치학』 안병진, 서울 2004 푸른길.

『노무현 내 마음의 대통령』 이재영, 서울 2002 대청.

『노무현 대통령 연설문집(제2권)』국정홍보처 엮음, 서울 2005 대통령비서실.

『노무현 대통령의 꿈과 도전』정대근, 서울 2011 리젬.

『노무현 따라잡기』김창호 엮음, 서울 2005 랜덤하우스중앙.

『노무현 마지막 인터뷰』오연호, 서울 2009 오마이뉴스.

『노무현 상식, 혹은 희망』노무현 외, 서울 2009 행복한책읽기.

『노무현은 없다』자유롭게 영재연구소, 서울 2012 자유롭게.

『노무현의 리더십이야기』노무현, 서울 2002 행복한책읽기.

『노무현의 브랜드 전쟁』최기수, 서울 2003 바다출판사.

『노무현이 만난 링컨』노무현, 서울 2001 학고재.

『노무현이, 없다』도종환 외 노무현재단 엮음, 서울 2010 학고재.

『노무현 이후』김대호, 서울 2009 한걸음더.

『노무현이 후진타오를 이기려면』김형배, 서울 2003 동아일보사.

『노무현 정권의 딜레마(인물과 사상26)』강준만 외, 서울 2003 개마고원.

『노무현 정부의 국토정책과 국가의 위기』최상철 외, 경기 2007 나남.

『노무현 죽이기』강준만, 서울 2009 인물과사상사.

『노무현 코드의 반란』김헌식, 서울 2003 월간 말.

『노무현 평전』김삼웅, 서울 2012 책보세.

『노무현 핵심브레인』한국경제신문 정치부, 서울 2003 한국경제신문.

바

『바보 노무현 대한민국의 가시고기 아버지』장혜민, 서울 2009 미르북스.

『바보 노무현이야기』스튜디오 청비, 서울 2009 다산어린이.

『바보 별이 뜨다(노무현의 삶과 죽음)』김운향 , 서울 2009 금빛구름.

『불멸의 희망』이백만, 경기 2009 21세기북스.

사

『선동가 노무현, 김대중 둥지에서 날다』 정대수, 서울 2009 에세이.

『성공과 좌절』 노무현, 서울 2009 학고재.

『신혜식의 패러디 노무현의 정체』 서울 2006 조갑제닷컴.

아

『안희정과 이광재』 박신홍, 서울 2011 메디치미디어.

『운명이다』 노무현재단 엮음, 경기 2010 돌베개.

『원칙과 상식이 통하는 사회를 위하여』 이기명, 서울 2004 중심.

자

『장하석의 과학, 철학을 만나다』 장하석 지음 서울 2018 지식플러스.

『조선바보 노무현』 명계남 지음 서울 2007 원칙과상식.

파

『풍차와 기사』 이진곤, 서울 2007 지식더미.

하

『현실정치와 미래 한국의 비전』
윤소암, 서울 2009 솔과학.

▲Photo by 최조식